贵州省社会科学第三批"学术先锋号"研究成果

贵阳学院博士科研启动项目 GYU-KY-[2024]和贵阳学院泰国研究中心资助

鲁迅和李光洙作品中女性形象的比较研究

林雨馨　著

西南交通大学出版社

·成都·

图书在版编目（ＣＩＰ）数据

鲁迅和李光洙作品中女性形象的比较研究 / 林雨馨
著.--成都：西南交通大学出版社，2024.1
ISBN 978-7-5643-9735-7

Ⅰ. ①鲁… Ⅱ. ①林… Ⅲ. ①鲁迅小说 – 女性 – 人物
形象 – 小说研究②李光洙 – 女性 – 人物形象 – 小说研究
Ⅳ. ①I210.97②I312.607.4

中国国家版本馆 CIP 数据核字（2024）第 029553 号

Lu Xun he Li Guangzhu Zuopin zhong Nüxing Xingxiang de Bijiao Yanjiu
鲁迅和李光洙作品中女性形象的比较研究

林雨馨　　著

责 任 编 辑	居碧娟
封 面 设 计	原谋书装
	西南交通大学出版社
出 版 发 行	（四川省成都市金牛区二环路北一段 111 号
	西南交通大学创新大厦 21 楼）
发行部电话	028-87600564　028-87600533
邮 政 编 码	610031
网　　　址	http://www.xnjdcbs.com
印　　　刷	成都蜀雅印务有限公司
成 品 尺 寸	170 mm × 230 mm
印　　　张	11.5
字　　　数	132 千
版　　　次	2024 年 1 月第 1 版
印　　　次	2024 年 1 月第 1 次
书　　　号	ISBN 978-7-5643-9735-7
定　　　价	50.00 元

前言

　　近代以来在帝国主义的侵略和西方现代思想文明的双重刺激下，中韩两国社会原有的封建体系迅速瓦解，外来文化和固有文化之间发生了前所未有的激烈碰撞。国家和民族面临的巨大危难使两国的知识分子开始积极地探索强国自新之路，以挽救国家和民族于危难之中。近代启蒙思想运动是两国知识分子在思想上改造国民性，建立现代个体解放意识、民族独立意识的重要方式之一，在科技救国、实业救国、西学救国等思想号召下，文学成为知识分子们宣扬自我意识和传播启蒙思想的重要手段之一。于是在 20 世纪初，中韩两国出现了大批优秀的文人作家，他们的作品成为传播近代启蒙进步思想和引导两国现代文学发展的关键。其中，鲁迅和李光洙作为分别开创中韩两国现代文学道路的领军人物，他们的作品从问世之初就引起了两国社会极大的关注，这使得他们的作品不仅成为其个人的标志，更成为国家和民族的标志。

　　鲁迅和李光洙作为两国现代文学的开创者，自身的文学艺术成就不仅是一个国家和民族的标志，更是一个时代的标志。所以，他们的作品中有民族和国家的印记，更有时代的印记。鲁迅和李光洙的作品是近代中韩两国苦难民族史的缩影，是两国人民苦难史的生动记录，同时还是两国社会思想潮流变化的见证。对比考察两人的作品不仅可以更深刻地领悟两者文学上的艺术成就，还能从对比分析中深刻地感受到中韩两国在近代民族苦难中的挣扎与反抗，认识到中韩两国人民在危难中挣扎生存的意志和决心。两人的作品数量之多、涉及的范围之广是两国文学史上少有的。在当时社会环境动荡的背景下，鲁迅和李光洙对自我意识的强烈表达欲望使两人的作品涉及社会的方方面面，他们的作品成为民族和时代的镜子，清晰深刻地反映了当时的社会百态。本书主要对比分析鲁迅和李光洙在前期作品中呈现的关于女性的思想意识和态度，为以后更全面地比较分析两者的艺术成就和思想意识提供一定的帮助，也为进一步研究中韩现代文学提供一定的助力。

鲁迅整个创作生涯过程中小说的创作数量是相对较少的，而李光洙后期个人经历和思想意识的变化使得他在中后期作品中呈现的思想意识和态度同创作初期相比发生了较大的变化。所以，为了保证文体的一致性和思想意识的一致性，本书以李光洙创作的第一部长篇小说《无情》和鲁迅创作初期涉及女性的四篇短篇小说为文本基础，从两人作品中女性形象的对比出发，并结合两人所处的社会背景和早期个人经历的不同，考察两者在作品中女性形象的不同点，进而总结出两位作家女性意识方面的差异性。

为了详细考察鲁迅和李光洙作品中女性形象和女性意识的差异，本书主要分为三大部分。

第一部分：该部分主要以李光洙的长篇小说《无情》为文本基础，通过对小说中的三个主要女性形象进行分析，总结出李光洙小说中女性形象的特点以及这些女性形象各自所包含的意义。小说《无情》中的女性形象主要有三类，一类是在封建旧思想中成长，最后从旧思想中蜕变而出的女性朴英采；一类是在接受新教育后，但内心仍旧留有封建旧思想意识的半开化女性金善馨；一类是完美的新女性金秉旭。

在批判封建伦理道德的同时，在对西式教育抱有坚定信心的基础上，李光洙赋予了新女性无限的希望，作者认为女性通过接受西方教育不仅能摆脱封建礼教的束缚，引发自我独立意识的建立，更能蜕变成为挽救国家和民族的新力量。

第二部分：以鲁迅前期创作的四篇同女性相关的短篇小说为文本基础，通过分析小说中设置的女性形象，总结鲁迅小说中女性形象的特点以及她们各自包含的意义。在鲁迅小说中，单四嫂子和祥林嫂是悲剧女性的代表，在封建伦理道德和封建社会意识的共同压迫下，她们的愚昧、麻木和顺从使她们丧失了做人的权利，她们是封建意识占据主导地位的社会中底层劳动女性的代表。爱姑不再顺从地接受夫家的安排，为了维护自己在封建特权允许下被赋予的社会地位而走上了反抗的道路，但这样的反抗注定是失败的。爱姑的反抗以封建意识为基础，注定她最后只能成为封建特权的牺牲品。新女性子君在新思想的影响下为了爱情宣布独立，但深藏于思想意识深处的封建伦理道德观让她逐渐成为男性的附属品，成为生活的附属品。没有社会地位和独立经济能力的子君最后也不能逃脱被封建礼教吞没的命运。鲁迅这四篇小说中的女性都拥有悲惨的命运和结局，鲁迅用悲剧惊醒世人，提出女性解放和女性经济独立的重要性。

第三部分：主要通过比较分析鲁迅和李光洙的社会背景、个人经历，结合两人作品中女性形象的对比，分析两位作家的女性意识。社会背景、个人经历和思想意识的差异，使鲁迅和李光洙在面对女性问题时有各自的侧重点。李光洙以都市生活的新女性为主要描写对象，鲁迅则以农村生活的底层劳动女性为主要描写对象。李光洙在小说中提到了婚姻与爱情的关系，提倡恋爱自由和婚姻自由；鲁迅则强调女性要脱离封建伦理道德观的压迫，拥有独立的社会地位和经济地位。李光洙主要表现封建伦理道德中的贞操观对女性造成的迫害，鲁迅则主要表现封建伦理道德和封建特权阶级对女性身心的禁锢。

对鲁迅和李光洙作品中女性意识进行分析考察，不仅能更深入地了解作者在作品中所设置的女性形象的意义，还能更好地把握作者在作品中所体现的不同的社会意识和思想意识。当然，关于鲁迅和李光洙的研究不会止步于此，日后还会有关于两者的更多、更全面的比较研究，为两国的比较文学发展提供更宽阔的研究空间。

目 录

一、引 言

1. 研究目的

中国与韩国有相近的文化背景。大体上看，中韩两国都在儒家文化的影响下经历了漫长的封建时代，而到了近代，两国也都曾经沦为帝国主义列强的半殖民地或殖民地。面对民族危难，两国的知识分子不堪忍受亡国灭种的屈辱和苦难，在当时西方先进思想的影响下不断掀起体制改良运动、思想启蒙运动和民族救亡运动。知识分子们想要通过一系列的进步运动建立独立的民族国家。近现代以来，在西方文化传播到东方并且与东方文化不断产生碰撞和融合的过程中，中韩两国形成了相似的民族经验和心理特性。而这种相似的民族经验和心理特性则深深地沉淀在两国的文化结构中。

从后来大量的历史事实可以看出，鲁迅是中国当时赴日留学生的高水平代表之一，后成为中国思想启蒙和新文化运动的标杆和旗帜。直至今天，鲁迅的思想也一直影响着一代一代的中国人。而在中国的

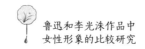
近邻韩国，几乎同时出现了代表该国近现代思想深度和文学高度的杰出人物——李光洙。李光洙在韩国有着同鲁迅在中国思想文化界一样高的地位。

在中韩现代文学史上，鲁迅和李光洙都起到了先锋、旗手的作用，都属于两国现代化进程中不可不提的大师级人物。自中韩建交以来，随着两国政治经济文化的火热交流，两国文学的交流也全面展开。由于中韩现代文学都孕育于两国社会的现代转型期，那些受到西方现代文明洗礼的知识分子们从自己国家的传统因袭和现实危境出发，探索各自的自强创新之路。而鲁迅和李光洙作为两国优秀的知识分子，将自己的作品作为武器，把开启民智、改造国民性作为自身的第一要务。鲁迅与李光洙在几乎共时的背景下不约而同地创作了在各自的文学生涯和两国文学史上具有里程碑意义的标志性作品。看似偶然，实则有一定的必然，这既是时代的选择，也是两位作家个人经历的结果。

本书通过分析李光洙和鲁迅作品中所设置的女性形象的特点，结合他们当时所处的社会背景和创作背景的异同，总结出两位作家作品中女性形象的相同点和不同点，以便进一步了解两位作家的创作心理，同时对两位作家的作品有更深刻的认识。

随着中韩交流日益广泛和深入，两国间的学术交流范围也越来越宽广。其中，文学交流所占的比重也越来越大。文学交流不仅是两国人民思想的交流，也是灵魂的碰撞。在交流和碰撞的过程中，两国文学作品和作家的比较研究必不可少，甚至是极其重要的部分。在长期以来两国主流文化思想——儒家文化的影响下，中韩文学比较研究主要集中在古典文学方面。近年来，随着交流的不断加深，两国间关于近现代文学的比较研究逐渐占据重要位置，成为各大高校甚至是人文社会科学研究院的重要课题之一。鲁迅和李光洙作为两国现代文学史上的重要人物，理所当然成为重要的研究对象。在中国和韩国，对鲁迅和李光洙各自的研究数不胜数，但是关于两者的比较研究却不是很多。

目前，中国关于鲁迅和李光洙的比较研究主要集中在两人对本国现代文学发展的意义和两人作品的启蒙意义这两点。少量关于两者女性形象的研究则是通过两者作品中女性形象所处的社会层面的不同来分析两者女性形象的差异。韩国关于鲁迅和李光洙的比较研究相对集中在两人作品中女性形象的相同点上，中国关于两者的研究主要是研究两者作品中女性形象的差异性。而从现有的文献材料来看，关于综合分析两者作品中女性形象的异同点以及异同点所产生的原因的研究相对不足。

2. 本书的研究对象和研究方法

本书的研究对象包括李光洙的长篇小说《无情》和鲁迅最初的两部短篇小说集中的四篇短篇小说。

《无情》是李光洙的第一部长篇小说，也是韩国第一部现代长篇小说。《无情》写于 1917 年李光洙赴日留学之时，此时韩国已被日本占领。李光洙看到日本对祖国的侵略，心中感到无尽的悲哀。同时他也认为被占领是祖国衰落的结果。在残酷的生存竞争中，一个失败的国家就要遭受这样无情的命运。李光洙认为韩国如果要成为强国，首先就要蜕变成为现代国家，而达到这一目的的前提唯有教育。这一观点充分地体现在他的长篇小说《无情》中。

《无情》充分地反映了当时青年的苦闷心理和彷徨情绪，同时通过

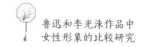
新旧女性与主人公之间千丝万缕的关系，突出了新旧价值观念的差异和冲突，肯定了新的道德观念，否定了旧的道德观念，歌颂自由恋爱的胜利。作品深刻地描写了人物在新旧道德间的心理冲突，描写了人物在爱与道德之间的苦闷和彷徨。作品中关于女性形象的设置和描写更是全新的挑战，通过对新旧女性的描写，提倡女性应享有女性的正当权利。

《无情》中主要描写了三位女性，一个是旧时代女性的代表，一个是处于开化期的女性代表，一个则是现代新女性的代表。这三位女性各自代表了当时韩国社会不同的女性群体，而她们身上也带有各自群体最典型鲜明的特征。通过对三位女性心理和思想的描写，小说展现了不同教育制度和体系下女性思想意识的不同，从而体现新式教育对女性的重要性。作品中，新教育不仅能挽救女性的生命，更能让女性从思想上抛弃固有的旧道德和旧观念，最终找回人的权利，找到自己在社会生活中应有的地位和价值。

《呐喊》和《彷徨》这两部短篇小说集收录了鲁迅1918年到1925年所创作的二十五篇短篇小说。鲁迅一生未创作长篇小说，可以说，这二十五篇小说代表了鲁迅整个创作生涯中小说创作的精髓。在二十五篇小说中，有三分之一是反映女性悲苦生活和以女性解放为主题的，而其中最为突出的是《祝福》《明天》《离婚》和《伤逝》这四篇。鲁迅小说中的女性永远生活在社会最底层，是当时旧制度旧道德的牺牲品。这些女性饱受封建社会与封建礼教的迫害，最后的结局要么是凄惨到死，要么是孤独到死，更有甚者是被迫害致死。这些女性中不仅有传统的农村女性，而且有参与过五四运动的新女性，但即便是当时的新女性，最后也依然无法摆脱传统封建思想的束缚和压迫，只能以死亡来终结自己悲苦的一生。

　　鲁迅和李光洙在之后的文学生涯中各自创作了很多作品,但是《无情》作为李光洙的的第一部长篇小说,尤其是在日本留学期间创作的作品,集中了对新、旧女性的认知和观点。可以说,《无情》中的女性形象代表了李光洙最初对于当时与韩国女性相关的一系列问题的观点和看法。鲁迅这四部作品的创作时间与李光洙创作《无情》的时间相差无几(这几部作品虽然在 1918—1925 年发表,但具体的创作时间集中在 1918 年前后),且这四部作品也恰好是鲁迅初创时期的作品,代表了鲁迅对当时与中国女性相关问题的观点和看法。因为相似的社会背景、相似的人生经历、相近的创作时间,鲁迅和李光洙在作品中所描写的女性形象有不可忽视的共性,但由于种种原因,这些女性形象也具有明显的差异性。

　　《呐喊》和《彷徨》是鲁迅具有代表性的两部小说集。《呐喊》代表了中国最底层劳动人民的声音。在中国几千年封建思想和统治的压迫下,处于社会底层的劳动人民默默地承受痛苦和折磨,他们没有资格也没有能力为自己呐喊,最后只能沉默地死去。鲁迅这部小说集中刻画了社会底层人物的生活,他们的行为和思想是当时中国劳动人民的缩影,鲁迅通过这部小说集为这些被压迫的底层人物呐喊,喊出他们自己的声音,喊出他们悲哀,喊出他们的生命。《彷徨》则反映了在当时中国社会文化和思想变化的过程中,社会各阶层人物与封建旧制度产生的碰撞和摩擦。在社会发生变革之时,他们在彷徨中寻找自己的道路。他们曾为自己的命运挣扎过,但是几千年封建制度的影响太大,根基太深,他们最终的命运仍然只能是以悲剧收场。他们在努力摸索前进的道路,但阻力让他们止步不前,于是他们只能在孤独中彷徨。

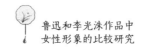
　　鲁迅比李光洙年长 11 岁，但是李光洙的创作生涯比鲁迅早了将近
9 年。鲁迅在 1918 年发表了第一篇短篇小说，于 1923 和 1926 年完成
了两部小说集。李光洙在第一次日本留学期间和朋友一起创立了杂志
《少年》，于 1909 年正式开启了自己的创作生涯。李光洙于 1917 年开
始创作的《无情》是他的第一部长篇小说，也是韩国第一部长篇现代
小说，小说中系统体现了作者对当时种种社会问题的看法，同时这部
小说也奠定了他之后小说创作的基调。在李光洙此后的大量作品中，
无论是对人物形象的设置还是故事情节的发展，《无情》都产生了很大
的影响。李光洙在 25 岁创作的《无情》虽然不能代表他创作生涯中的
精华，却是他第一次通过小说这种体裁，对当时的社会现象进行分析，
对社会种种问题发表自己看法的开始。《无情》中出现的女性形象是作
者对韩国社会女性问题的第一次深刻认识和探讨，此后的作品中，作
者虽然创作了社会各不同阶层的女性形象，但是在这些形象的身上，
仍然留有《无情》中女性形象的影子，《无情》中的女性形象可以被视
为作者此后女性形象创作的基础和主题，所以对《无情》中的女性形
象进行分析是必要的。

　　《呐喊》和《彷徨》是鲁迅创作生涯初期的作品，也是他最具有代
表性的小说作品。创作初期的小说对当时中国社会各种问题的控诉和
探讨同样为鲁迅此后的作品奠定了基调。鲁迅关于女性问题的认识和
探讨开始于他的小说创作。小说中，鲁迅集中表达了自己对封建制度
迫害下的女性的同情和认识，并且开始探索女性解放的道路。这一点
也正是鲁迅在以后的杂文中讨论女性问题的基础和一大重要主题。

　　同样的体裁，同样关于作者对女性问题的认识和探讨，《无情》和
鲁迅的四篇短篇小说中的女性形象对两人日后的创作产生了巨大的影

响。这几部作品是两人认识和探讨女性问题的开始，同时也是他们创作中关于女性问题认识的思想基础。

本书通过分析《无情》和四篇短篇小说中的女性形象的特征，结合鲁迅和李光洙两人或相同或不同的经历，总结出这些女性形象的相同点和不同点，进一步理解两位作家的创作理念和各自作品的意义，以加深对近现代中韩两国社会文化的理解和探索。

为了对两人作品中的女性形象进行具体的考察和分析，本书主要分为三部分。

第一部分主要是以李光洙的小说作品《无情》为文本基础，对小说中出现的主要女性形象进行分析。1917 年，《每日申报》连载了李光洙在第二次赴日留学期间创作的韩国现代文学史上首部长篇小说《无情》。通过这部作品，李光洙表达了自己对民族所遭受灾难的深刻同情，提倡自由、平等、解放个性等新思想、新理念，同时在作品中引出社会新女性的理念，为女性争取独立意识和平等地位提供了一定的思想基础。近现代社会是树立自我意识、确立个性的重要时期，由于长期受到封建伦理道德意识的影响，很多女性仍然处于被束缚的境地。在这一时期，李光洙不仅发表了蕴含新女性意识的小说作品《无情》，还发表了许多关于女性问题的论述，例如他的《新女性十诫命》就为女性指明了新的生活方向。他指出女性也应该树立新的民族观和世界观，确立自我意识，同时，为了婚姻幸福，应该尽快实现男女平权等主张。李光洙的这些进步主张体现在他的《婚姻论》等论述和《无情》《土地》等长篇小说作品中。

小说《无情》中描绘的三名女性各自代表了当时韩国不同的女性群体：代表遭受封建伦理道德迫害的朴英采，代表接受新教育但内心仍保留部分封建传统意识的半开化女性金善馨，以及代表接受西方现代教育、思想认识也已经充分成熟的完美新女性金秉旭。朴英采是受封建伦理道德迫害的女性代表，但是她的结局并不像传统的封建女性那样悲惨。她在新女性金秉旭的引导下认清了封建伦理道德对自己身心造成的无尽伤害，并迅速树立独立的自我意识，直到最后同金秉旭一起出国留学，蜕变成为真正的新女性。《无情》创作于李光洙赴日留学期间，此时他身边的人都充满了对未来的希望和激情。李光洙意识到封建伦理道德对女性的残酷迫害，但他仍然能从这些女性身上看到无尽的希望和光明的未来。他认为虽然处于社会底层的女性在封建伦理道德的迫害下挣扎求生，但只要通过适当的指引和教育，这些女性不仅能成为拥有独立自我意识的新女性，还能成为实现国家民族解放的新力量。

当时韩国社会已经有许多女性接受了新式教育，但仍然有部分女性的思想中残留着旧式封建观念。小说中的金善馨就是这类女性的代表。金善馨出身士绅家庭，却是接受过新式教育的新女性，并且即将出国留学。但是在即将出国前，金善馨在父亲授意下，同意与自己并不了解的李亨植订婚。金善馨同意订婚并不是出于爱情，而是单纯遵循父亲的意愿，并把它看作某种冥冥中的安排而已。虽然金善馨的内心也曾多次挣扎，但她在自身残留的旧式观念和对神明的依赖下放弃了思想的挣扎，顺从地接受了这场婚姻。直到小说最后，金善馨在彻底了解了李亨植的内心思想和精神后才真正对他产生了爱情的感觉，开始了属于自己的真正的新生活。小说中李亨植和金善馨关于爱情和婚姻的讨论在当时的社会引起了巨大的反响：婚姻是处于平等地位的男女双方以爱情为基础，并遵从当事人的意愿才能进行的，没有爱情的婚姻是无效的。金善馨内心的封建旧式观念并没有让她重新沦落成为封建道德的受害者，正因为她积极要求进步，选择继续接受教育，才使得她最终也能成为真正的新女性，开启属于自己的生活。李光洙在小说中超前地提出了就算是知识女性也需要继续接受教育以克服内心封建旧式观念的观点，认为知识女性只有继续完善和巩固自身的进步思想意识，才能彻底摆脱封建旧意识的影响，成为真正能够拯救国家和民族的独立新女性。

金秉旭是拥有独立个体意识和进步思想的新女性代表。金秉旭在新教育的基础上清醒地认识到封建伦理道德对女性的无情迫害，彻底摆脱了思想中残留的封建意识，开始独立思考女性自身的权利问题。小说中金秉旭不仅仅是作为新女性的形象出现的，她还以启蒙者和教育者的身份帮助其他女性。在她的帮助下，朴英采也成功走上了新女性的道路，同时，在她和李亨植的影响下，金善馨和朴英采开始意识到教育同拯救国家民族之间的关系。小说中的金秉旭就是当时李光洙思想的投射，她对封建伦理道德的认识和对女性权利的认识正代表了李光洙对女性问题的认知和态度。

李光洙在批判封建伦理道德的基础上提倡男女平等，提出女性个体思想意识解放的新思想，同时肯定了新式教育对女性甚至对民族解放的重要性。总的来说，李光洙对这些女性寄予的是新希望，她们是未来教育的希望，是国家和民族未来的希望。

第二部分主要是以鲁迅早期创作的四篇小说为文本基础，对小说中出现的女性形象进行具体的考察和分析。书中讨论的四篇小说分别被收录在鲁迅的两部小说集中，是鲁迅对中国女性最深切同情的集中表达。西方进步思想对 20 世纪初的中国社会、政治、经济以及思想意

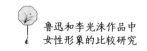

识都产生了巨大的影响，但是这种影响却并没有能真实地改变大多数人的生活状态，尤其是农村底层劳动人民的悲惨生活状态。拥有农村生活经验的鲁迅亲眼见证了封建伦理道德意识对劳动人民惨无人道的迫害，所以，同主要以城市为空间背景进行叙事创作的李光洙不同，鲁迅主要以农村为叙事的空间背景来描写各类底层劳动人民的不幸生活。在中国，鲁迅是提倡女性解放运动的最早启蒙者之一，他不仅一直深切地关注女性受压迫和摧残的悲惨命运，而且一直在努力寻求改变她们地位和命运的途径和方法。新式思想只能影响极少部分的女性，对于中国绝大多数女性而言，主宰她们命运的仍然是顽固的封建特权和封建伦理道德，而相当一部分女性即使在接受新思想后，由于受到自身所残留的封建伦理道德思想的影响，她们会再次沦落为封建伦理道德的牺牲品。在鲁迅看来，中国女性悲剧的根源是几千年的封建伦理道德意识，只有彻底根除了女性思想中的封建伦理道德观念，女性才能建立独立的个体意识，拥有同男性同等的社会地位和权利。所以，同李光洙在作品《无情》中所表达的自由和希望不同，鲁迅用深刻的悲剧和残酷的死亡来表现中国女性自身所面临的严峻问题。

单四嫂子和祥林嫂这两个女性人物形象是鲁迅笔下悲剧的代表。单四嫂子是一个麻木顺从、完全失去反抗力的女性，对于生活加诸她身上一连串的不幸和打击，她不仅没有起来反抗，而且一味地顺从屈服，没有表达出丝毫的不满，甚至麻木到把全部生活的希望完全寄托于明天的到来。但是，当明天真的到来时，她的命运也将更加悲惨——她失去了唯一的儿子和仅有的财产。明天本应带给人希望和光明，但对单四嫂子来说，每一个明天带来的都是一次比一次更加沉重的摧残和失望。在单四嫂子这一女性人物的身上，看不到中国女性的未来和希望。

而面对封建礼教的迫害，祥林嫂进行过挣扎，但在封建礼教和封建迷信的双重打击以及周遭人们的冷漠和冷待中，她不但连最基本的做人资格都没有争取到，甚至最后还被封建礼教彻底毁灭了。祥林嫂的挣扎绝对不是自我意识的觉醒，而是本能地以封建礼教规范的行动准则为自己为人处世的依据和标准，她的所谓反抗也是受到封建伦理道德思想所支配的。在封建伦理道德意识主导的社会中，封建道德和封建特权只会把女性不断推向灾难和死亡，女性对封建礼教的维护，以及自身思想的麻木和对命运的屈服更是造成其自身悲剧的重要原因。

同麻木的、完全没有反抗意识的女性相比，爱姑是具有一定反抗意识的女性形象的代表。爱姑的丈夫在外面有了情人并且准备抛弃她，于是她变得大胆、泼辣，不屈不挠地同婆家进行了强烈而持久的抗争。但在封建族权的压迫下，爱姑也不得不接受离婚和被逐出婆家的命运。爱姑这一人物形象虽然体现了现代男女平等思想的萌芽，但是她仍然处于被封建特权压迫的地位，同样遭受着封建礼教的毒害。爱姑并没有接受过新式教育，她的思想依然受到封建伦理道德的支配，她的反抗注定是不彻底的，注定是要失败的。爱姑曾经有摆脱自身悲惨命运的希望，但是在封建族权和自身封建伦理道德意识的支配下，希望终究成为绝望，她依然无法避免自己悲惨的命运。

《伤逝》是鲁迅唯一描写爱情的小说作品，作品中的女主人公子君也是鲁迅小说中唯一的城市新女性。小说中的子君接受过教育，在现代进步思想的影响下成长为一名具有民主主义思想的知识分子。在争取恋爱自由和婚姻自由时，子君敢于同旧势力进行抗争，反抗封建礼教和封建专制家庭。但她的反抗却是不成熟的，她内心潜藏的封建传统意识让她的内心变得软弱、妥协，她不再继续接受教育，同社会潮

流脱节，逐渐转变为封建家庭中传统的家庭主妇，最后在遭到抛弃后只能沦落为封建礼教的牺牲品。子君的悲剧是必然的，她把生活的全部希望完全寄托于男性，从而失去了自主意识，更丧失了独立的经济地位，这注定了她最终不幸的命运。

鲁迅通过揭示中国女性深受封建伦理道德意识和道德礼教迫害的悲惨命运，在批判封建伦理意识对女性造成巨大身心伤害的同时达到了教育和启蒙的目的。鲁迅通过四个女性的悲剧向社会宣扬了男女平等、女性拥有独立意识和独立经济地位的重要性。

第三部分结合鲁迅和李光洙两人所处社会背景和个人经历的不同，对他们作品中女性形象的差异进行对比分析，从而比较两人女性意识的异同。

由于不同的地理环境和社会政治环境，中韩两国近代以来社会意识的侧重点也不同。中国除反帝国主义以外，还长期伴随着强烈的反封建主义。当时以鲁迅为代表的一批知识分子认为在反封建的基础上进行国民性的彻底改造，才能使新思想和新文化在中国得到更好的传播，使更多人能受到新思想新文化的影响，摆脱民族贫弱的思想状态，实现民族解放和民族独立。而启蒙运动过程中的韩国则以建立民族独立意识为主，在反封建的基础上，让广大人民接受新教育、新思想，迅速建立民族独立意识，让更多人成为推动民族独立和复兴的新力量。

所以，在反封建这一共同的基础之上，鲁迅和李光洙都认识到女性处于社会底层的事实，而且他们在作品中都表现了封建礼教对女性的迫害。鲁迅表现的主要是封建礼教和封建特权的结合对女性造成的伤害，李光洙则主要表现封建礼教中的贞洁观对女性身心的摧残和禁锢。但是新式教育的作用和民族独立意识的凸显让李光洙把女性的教育问题同民族解放问题结合起来，这是鲁迅的小说作品中没有涉及的一个方面。鲁迅虽然在作品中也描写了接受过新式教育的知识女性，但只是从侧面揭示知识女性自身所隐藏的封建传统意识，揭露这种隐藏的封建意识对知识女性造成的巨大危害。

李光洙和鲁迅都出身封建没落大家庭。鲁迅作为家族的长子长孙，从小背负着家族的重担。他跟着外婆在农村生活，底层劳动人民的悲惨生活深深地留在他的记忆中，所以他选择以反抗"旧"的角度来解决问题。李光洙虽然也是家中长子，但由于幼年时便已父母双亡，再加上李光洙少年时留学日本，他在摆脱了家族重担的同时，也脱离了当时混乱的社会局面，所以李光洙容易从宣扬"新"的角度来看待问题。故此，李光洙在他的小说作品中主要是以都市新生活为叙事背景，以都市新女性为主要描写对象，以表达自己对女性问题的认识。鲁迅则是以农村生活为主要叙事背景，以农村底层劳动女性为主要描写对象，表达自身对女性问题的看法。李光洙虽然曾有过一段没有爱情的封建婚姻，但是丰富的恋爱经历让他深刻地认识到婚姻和爱情的关系，从而在作品中表达出自己的婚姻观和爱情观——女性在婚姻中拥有同男性同等的地位，婚姻必须以爱情为基础。鲁迅虽然同样经历了没有爱情的婚姻，但是家族的重担以及为妻子朱安的生存生活考虑，使他必须去维持这段有名无实的婚姻。这些让青年鲁迅因此对爱情丧失了信心。鲁迅认为底层劳动妇女对婚姻几乎没有自主权，更谈不上去考虑婚姻和爱情的关系。而中国知识青年的爱情同样禁不起现实的打击，在封建意识的影响和残酷的现实面前，爱情最后的结局就是死亡。所以，鲁迅在小说作品中并没有表现出明确的爱情观和婚姻观，但是在宣扬女性独立意识的同时，强调了女性在婚姻中拥有独立经济地位的

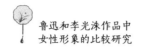
重要性，这是李光洙在作品《无情》中没有涉及的。

　　同样的时代背景和文化底蕴，让鲁迅和李光洙在对女性问题的认识中保持高度的一致性——反封建，但是不同的社会背景和个人经历使两人在女性问题认识上的侧重点各有不同：李光洙主要强调教育对女性的重要作用，强调女性解放和民族解放相结合的问题；鲁迅主要进行深刻的反封建，揭露封建伦理道德对女性的残酷压迫，引出女性独立意识的问题，强调女性拥有独立经济权的重要性。

二、 李光洙小说《无情》中的女性形象

本部分以李光洙的长篇小说《无情》为文本基础，重点分析小说中出现的三位女性，通过文本中对人物的经历、对话还有心理活动等的描写，详细分析三位女性的性格和心理特点，并且结合这些人物特点和人物背景，讨论分析她们各自在小说中的意义。

李光洙生活的时代是朝鲜民族受难的时代，是革新的时代，是生活在朝鲜半岛的各阶层人民集合全民族力量在国家民族危亡之际寻求出路的时代。中日甲午战争后，朝鲜的政治和经济主权实际受控于日本。1876 年，李氏王朝在日本的逼迫下签订了《江华条约》，自此开始了屈辱的近代历史。1905 年，日本又强迫当时的大韩帝国政府签订了《乙巳条约》，该条约剥夺了大韩帝国的外交权。1907 年，日本再次迫使大韩帝国政府签订《丁未条约》，自此后者的内政权也被剥夺。1910 年，在日本帝国主义的强制推动下，韩日签订了《日韩合并条约》，从此日本正式开始对韩国的殖民统治直到 1945 年日本投降。

《乙巳条约》之后，反抗日本帝国主义殖民压迫、恢复国家主权的

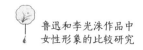
爱国救亡运动随即在朝鲜半岛各处展开。在国家民族危难之际，爱国进步人士开始反省自身，为民族和国家的未来谋求出路。由于当时朝鲜半岛正处于社会变革时期，各种思想交替发展，民族主义和近代化思想并行展开。当时蔓延于社会的主流思想主要分为三类，一类认为应该完全抵制西方文化和思想，固守传统思想，从而保证自身民族的纯洁性；一类认为应该学习当时先进的日本文化和思想以开启民智，培养民族独立的力量；一类认为应该学习西方的现代文明和科技，结合马克思主义思想，为民族独立和革命运动奠定基础。

遵循不同的思想理论展开的各种运动中，以启蒙运动形成的影响最大。从 1906 年开始，朝鲜日据时期开展了以知识分子为参与主体的爱国启蒙运动。当时启蒙运动的主导思想是吸收西方文化的有益成果，启发民众的民族意识和独立意识，以争取民族的独立自强。启蒙运动包括新教育救国运动、舆论启蒙运动、新文化新文学运动和民族宗教运动等，这些启蒙运动中一个重要组成部分就是新小说运动。当时的启蒙思想家认识到了文学对于大众的巨大教育意义，他们批判使人蒙昧、软化个人意志的旧小说，鼓励并实践符合启蒙理念的新小说写作。一时间，历史小说和传记小说风行，特别是国家历史上反抗外来侵略、保卫祖国的民族英雄事迹成为小说取材的热点。这类小说充满爱国激情，呼唤新时代民族英雄的出现，在思想上体现了爱国主义与启蒙主义的双重性。

新小说在取材和主题上与以往的古典小说不同。新小说多以处于开化期的人物为主人公，开化的理想是新小说最普遍的主题，以西方的民主、自由、平等和博爱为思想武器，批判封建等级观念、迷信思想和宗法家族意识，提倡男女平等和婚姻自由等思想。新小说多取材于现实生活，强调对时代的风土人情进行真实的描写，大量运用新词汇和新句法，重视客观描写，打破叙述时间的物理顺序，而这些特征都是古典小说所不具备的。

在当时众多思想的影响下，李光洙吸收了新小说的特点，站在启蒙教育思想的立场开始了他的创作生涯。他认为祖国要成为强国，首先要成为真正意义上的现代国家（像日本一样），而成为现代国家的前提就是新教育的开展和普及。在认识到了文学对大众的引导作用后，李光洙在日本留学期间便开始了文学创作。在新小说的影响下，李光洙的创作得到了极大的改善和提高。1917年，李光洙创作了自己的第一部长篇现代小说《无情》，推动了韩国小说文体由古典到现代的转变，他本人也成为一个新文学时代的开创者。

对于这部长篇小说，李光洙洋洋洒洒将近写了126章。为了对小说文本进行整体性的把握，以下将简单概括小说的主要内容。

小说《无情》描写的是赴日留学归来的知识青年李亨植与艺妓朴英采以及开化新女性金善馨之间的三角恋爱关系。朴英采是李亨植幼年时恩人（朴英采的父亲曾资助李亨植读书）的女儿，为了拯救被人陷害的父亲沦落为艺妓。朴英采的父亲朴进士原来是有脸面的进步人士，办新学校，资助贫困学生读书，后来经济拮据，入不敷出，本人和两个儿子也因被诬陷栽赃而被捕入狱。朴英采为了赚钱救自己的父亲和哥哥，在13岁那年成了一名艺妓。得知这个消息以后，朴进士在狱中自杀，两个儿子也随后自尽了。朴英采牢记父亲临终前的嘱咐，牢记自己最终是要嫁给李亨植的，是李亨植的人，所以她一直守身如玉，保持贞洁。七年后，当她经历千辛万苦找到李亨植时，她才发现李亨植根本无力改变她的处境。此时朴英采遭到裴学监和金铉洙的强

暴，准备独自一人回到故乡自杀。在火车上，朴英采偶遇新女性金秉
旭，金秉旭在了解事情之后对朴英采进行了劝解，让朴英采认识到自
己应该为自己而活。朴英采在结识金秉旭的这段时间里也认识到，以
前自己所坚守的贞洁观念是毫无意义的，她要开始属于自己的新生活，
于是她决定同金秉旭一起赴日留学。李亨植回国后，在自称为新派人
士的金长老家中为其女儿金善馨担任英语家教。金善馨出身士绅家庭，
并且受过新式教育，即将赴美留学。此时李亨植被金长老看重，希望
他做自己的女婿。李亨植一开始在朴英采和金善馨之间犹豫不决，但
最终选择了金善馨。赴日留学的朴英采和金秉旭同赴美留学的李亨植和
金善馨在火车上相遇了，此时正好发大水，火车被洪水围困，一同下车
的四人被水中难民的苦难感染，决定放弃以前的个人恩怨，共同加入救
济灾民的活动中，最后为了实现科学救国的理想各自踏上留学的道路。

小说《无情》通过人物之间关系的不断演变，突出了新、旧价值
观的矛盾和冲突。在两种价值观不断对峙和冲突的程中，人物的思想
与心理也在不断发生变化。在人物思想产生剧变的过程中，小说中出
现的女性担当了绝对重要的角色，并且推动了小说情节的发展，升华
了作品的主题。

1. 传统意识中的女性

在以往的研究中，朴英采这个形象一直被视作封建制度的牺牲品，
是"旧制度"的代表。然而，对于一个在社会底层苦苦挣扎的女性来
说，对于一个从事着社会上大部分人都瞧不起的职业的女性来说，对
于一个从小学习《列女传》，接受一系列封建思想教育的女性来说，朴
英采能在小说最后在思想和心理上发生一系列变化是非常值得研究和

探讨的。朴英采这个角色不是单纯的封建旧制度下的女性代表，她的身体里有旧式封建道德礼教的印记，同时也埋有新思想的种子。以下将结合小说文本分析朴英采这个人物的心理、思想变化过程以及人物心理变化的原因。

朴英采是小说中第二个出场的女性形象，但同第一个出场的女性金善馨相比，朴英采这个人物更加吸引读者的关注。这不仅仅是因为她个人悲惨的身世，还有她的职业——艺妓。小说主人公李亨植作为一个新知识青年，既有赴日留学的教育背景，又是学校的教师，并且深受学生爱戴。一天，当他结束家教工作回到家中，老妇告诉他有一个女人来找过他，这个女人很漂亮，虽然样子有点像学生，但又怎么看都像艺妓。漂亮、艺妓，光是这两个条件就完全吸引了读者的注意力，让读者开始猜测、探究她的身份。朴英采本人虽然在这里并没有出现，但读者已对这一角色产生了浓厚的兴趣。随后，朴英采正式出场。她对李亨植说的第一句话就是："像我这样的女人来找您，会影响先生您的名誉吧？"[1]从这一点可以看出她深深的自卑，并且十分担心自己的身份会给李亨植造成伤害。由此我们可以理解为什么一开始朴英采要穿麻布裙子，打扮得像个学生。七年时间里，朴英采一直在寻找李亨植，在得知他的消息以后，她更是满心欢喜且欣喜若狂，并且立刻前来找他。但是在内心深深的自卑感的控制下，她又担心自己的身份会为李亨植带去困扰，所以她才会特地打扮成学生以掩人耳目。当朴英采知晓此时此刻站在面前的男人就是自己苦心寻找的李亨植之后，即使在自己已经情绪激动得无法控制而伤心流泪的时候，她说出

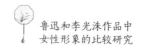

的第一句话竟然还是在担心自己的身份会不会影响李亨植的名誉。

通过小说中对朴英采的父亲朴进士的描写我们可以知道，朴进士是进步人士，接受过西方教育，在家乡创办了一座新式学校。

> 距今十五六年前，朴进士游览了大清国，带回来数十种上海出版的新书。由此他了解西方和日本，认识到朝鲜不会就这样继续下去，打算开始新的文明运动。他首先召集了许多年轻人，用上海买来的书教育他们，灌输新思想。①

> 当时朴进士的女儿英采十岁，现在该十九了吧。朴进士不管别人的嘲笑，把英采送进学校，放学后教她《小学》《列女传》等，英采十二岁那年的夏天，便教了《诗传》。②

从引文中可知，朴进士是一个爱国进步人士，希望通过新式文明教育实现救国图存的目标。但就是这样一位接受过新式教育的进步人士，在对待自己女儿英采的教育问题上，仍然表现出内心顽固保守的一面。作为一名新派人士，朴进士让英采进入自己创办的学校接受新式教育，却又私下让她学习《列女传》。这一看似矛盾的行为，实际才是朴进上内心真实的写照。支持新教育的朴进士不仅没有教自己的女儿先进的文明思想，反而让她学习《列女传》这样的传统读物，用所谓封建伦理道德来约束她的思想和行为，这也为朴英采日后的悲惨经历埋下了伏笔。朴进士知晓英采为了救自己成为艺妓后，不仅对她毫无怜惜之情，反而破口大骂，认为她玷污了自己的家族声誉，随后在

---

① 李光洙著，洪成一、杨磊、安太顺编译：《无情》，辽宁民族出版社 2007 年版，第 35 页。

② 李光洙著，洪成一、杨磊、安太顺编译：《无情》，辽宁民族出版社 2007 年版，第 36 页。

狱中因愤懑至极而自缢身亡，朴英采的两个哥哥也相继自杀身亡。朴进士在接受新教育的同时，内心深处还是把封建传统伦理道德视为圣物，尤其是女子更要遵从三从四德，不可逾越。在知晓女儿成为艺妓之后，他认为她的行为侮辱了圣贤，违背了道德，玷污了家庭声誉，于是只能以死明志，为家族守住最后的体面。从朴进士的言行中我们可以了解朴英采从小成长的环境，父亲一方面支持新派教育，另一方面又是旧思想和旧道德的顽固捍卫者。在旧制度和旧道德背景下，父亲对朴英采的影响是巨大的，是不可逾越的。

在当时社会家父长制（가부장제①）的影响下，朴英采不能反抗和反驳父亲的指示，只能按照父亲的要求学习和生活。从朴英采后面的遭遇可以看出，即使朴英采在童年时也去过新派学校，接受过学校的新式教育，但是在父亲的指导下，封建道德观念依然扎根于她的内心深处。新式教育的影响似乎在她的身上看不到一丝痕迹，然而，幼时接受的新式教育对朴英采究竟有没有影响，这一点还是值得探讨的。

朴英采得知李亨植至今未婚的时候，内心除了惊讶之外，还有一丝淡淡的喜悦，她想李亨植会不会是因为在等自己，所以才没有结婚。在她小的时候，父亲问过她是否想成为李亨植的妻子，再加上她自己本身对李亨植也抱有好感，于是自然而然地对李亨植产生了精神上的依赖，甚至私下认为自己就是李亨植的妻子。

听到亨植还没结婚，英采吃惊地看着他。她很想知道亨植还未结婚的缘由。那原因会不会跟自己有什么关系呢？她想起以前父亲曾开玩笑地说过，"你想成为亨植的妻子吗？"

---

① 家父长制（가부장제）：家父长制，即父权制，强调父权在宗族和家族中至高无上的地位，是朝鲜旧时代中极有代表性的封建制度之一。

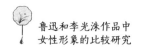
当时虽然年纪还小，但也觉得亨植真是好人。来学习的许多
人当中她特别对亨植产生了好感。这七八年来，当她如漂浮
在汉江上的柳叶般四处流浪，受尽人间苦难的时候，她也从
未忘记过亨植。……

被卖做艺妓已经六七年了，期间受到过很多男人的非分
要求，她全部拒绝了。她这样守身如玉，固然跟小时候学过
《小学》《列女传》有关系，而更重要的是因为她心里始终忘
不了亨植。父亲曾说过："你要成为亨植的妻子。"长大后回
想起这句话，她明白了这不是父亲一时的玩笑话。于是她暗
下决心，即使自己粉身碎骨，也不能违背父亲的遗愿。可是
亨植到底是生是死啊！即使他还活着，或许也早已娶妻成家，
生儿育女了啊！英采有些绝望。即便如此，我也要把一生献
给亨植，绝不再交其他男人。她这样想着。这次偶然相见，
她高兴是高兴，但也做好了平生独身生活的准备。恰在此时，
听到亨植仍未结婚，她既惊讶又高兴。可是一想到亨植身在
教育界，品行和名望是生命，找一个艺妓做妻子，社会会怎
样评论他呢？想到这儿她又绝望了。①

成为艺妓的七年，朴英采坚守着自己的清白，不单是因为从小受
到《列女传》的影响，更因她内心深处早已经把自己当作李亨植的妻
子。在朴英采心中，自己作为李亨植的妻子，就应该对丈夫从一而终，
为丈夫守节是自己的本分，是天经地义的事。

从上面的引文可以看出，朴英采内心已经把李亨植当作自己的丈

---

① 李光洙著，洪成一、杨磊、安太顺编译：《无情》，辽宁民族出版社 2007 年版，
第 49、51 页。

夫，把他当作自己一生唯一的依靠。引文中，作者李光洙描写了朴英采的两次绝望。第一次绝望是朴英采担心李亨植已经结婚，自己只能守着父亲的遗言度过孤独的一生。第二次绝望则是因为害怕自己的身份导致李亨植不能被社会接受，尤其是李亨植还是教师的身份，想到这一点，朴英采再次陷入了绝望。朴英采把李亨植看作自己一生的幸福，如果不能同他结婚，自己也只能孤独一生，这是受了封建道德礼教中"烈女不嫁二夫"①的影响。当艺妓的七年时间里，朴英采虽然洁身自好，为李亨植保持自己的贞洁，但自己艺妓的身份又让她深深觉得自己配不上李亨植，会给他带来无尽的烦恼。引文中的描写表现了朴英采矛盾痛苦的内心世界，她既为李亨植的未婚感到开心，又担心自己的身份配不上他。

朴英采在见到李亨植后，内心最大的疑问就是李亨植会不会瞧不起自己，会不会对自己失望。在朴英采的认知里，李亨植会为她流泪，会为她难过，这些都是爱她的表现。但是，李亨植在知晓她已经沦为艺妓后的反应和态度是她完全无法把握的。对此，她在感到伤心绝望的同时，也对当初自己在困境中选择成为艺妓这一行为感到万分羞愧。小说通过朴英采的回忆向读者描述了她成为艺妓的原因和过程。其中除了金钱的原因之外，《列女传》中烈女们的故事也深深地影响了她。

> 英采想着从前爸爸讲过的故事，古时候有个姑娘卖了自己的身体为爸爸赎罪。这个故事深深地打动了当时还不到十岁的英采。当时她流着眼泪曾想过"如果我也能这样做"。……

---

① 贞烈的妇女不嫁第二个丈夫出自《名贤集》，这是中国古代对儿童进行伦理道德教育的启蒙教材之一。

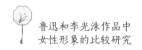
如果我效仿古人挣到钱就可以救出爸爸和两位哥哥。世人都
会称赞我是孝女。并且可以像古人一样写进书里，让其他姑
娘也像我一样，读后感动得流泪称赞。但是，如果我不卖身
救他们的话，这位大人和世人就会骂我是不孝女儿。①

朴英采的父亲和哥哥被人诬陷入狱，为了救他们，朴英采需要大
量的金钱。在同李亨植再次相见后，朴英采一次一次地反问自己："我
为什么成了艺妓？为什么不成为佣人而成了艺妓？假如成了佣人，或
是成了给人看孩子的保姆，或是做针线活的也不至于在亨植面前感到如
此羞愧，也不至于讲不出隐藏在心中的话。啊！为什么我成了艺妓？"②
可见，在当时的情况下，朴英采并不是只有通过成为艺妓来赚钱这唯
一的选择，而是可以有多种选择的，然而最后导致她选择卖身这条路
的却是她从小阅读的《列女传》。成为艺妓不是朴英采无可奈何的选择，
也不是唯一的选择，是她在童年时就产生的对卖身救父这一行为的幻
想。朴英采内心觉得这是表现孝道最好的表达方式，所以幻想自己有
一天也能这样做，成为别人眼中的孝女。她的内心从小就存有卖身救
父的情结，即使在有其他道路可供选择的情况下，她也毅然决然地成
了艺妓。朴英采"卖身救父"成为艺妓的行为，更多是在封建旧道德
影响下从小形成的某种"憧憬"，幻想自己也能成为《列女传》中"卖
身救父"的楷模。与其说朴英采成为艺妓是迫不得已的行为，还不如
说这是她在实现自己从小的"幻想"。在没有考虑任何后果的情况下，

① 李光洙著，洪成一、杨磊、安太顺编译：《无情》，辽宁民族出版社 2007 年版，
第 63 页。
② 李光洙著，洪成一、杨磊、安太顺编译：《无情》，辽宁民族出版社 2007 年版，
第 55 页。

朴英采满足了自己卖身救父的幻想，成了艺妓。可以说，朴英采选择成为艺妓，选择"卖身救父"，是封建旧道德的"杰作"。

当朴英采想到李亨植的时候，情况又发生了变化。朴英采在被卖之前曾借住在某人（这个人后来卖了朴英采）家中，在这人家里朴英采见到了各式各样的艺妓，她认为那些女人都穿得很漂亮，写得一手好字，都是善良的人。然而她忽略了一个问题，就是她们穿得漂亮、写得一手好字的目的是取悦客人，在取悦客人的同时还要献出她们的身体。在那个时候，朴英采的心里已经有了她是李亨植的人这样的认知，她视自己是李亨植的未婚妻，她的一切，包括身体，也只能属于李亨植。在这样的认知下，朴英采即使后来成了艺妓，也一直为李亨植守身，保持自己的清白。她可以为了取悦客人穿漂亮衣服，练得一手好字，学习弹唱，但只能到此为止，因为她内心已经把自己当作李亨植的妻子，所以不能再委身他人了。从传统意义上来说，朴英采并不是真正地卖身，她根本不用为自己的身份感到羞耻，她可以堂堂正正地告诉李亨植，然后成为他名正言顺的妻子。但是传统封建道德观占据了她的内心世界，她始终认为自己已经"卖身救父"，是不贞洁的女人，配不上李亨植，在面对李亨植的时候，她是自卑的，是无助的，所以，在同李亨植见面之后，她没有说出自己内心的想法就匆忙离开，留下内心独自煎熬的李亨植。而这次离开，也注定了朴英采后来的命运。如果当时她能够鼓起勇气告诉李亨植自己真实的想法，或许一切都会不一样。

朴英采在成为艺妓期间认识了另一名艺妓桂月华，这个传奇的艺妓成为朴英采又一个模仿的对象。桂月华作为艺妓是非常有气节的。她没有因为自己的身份而自卑，反而带着朴英采出入学校，听进步演讲，接受新教育。然而当她发现自己的爱情终究无法逃脱现实的迫害时，她毅然决然地选择了死亡，跳进了大同江。桂月华的这一行为让朴英采的内心震撼不已，她佩服桂月华的气节，更佩服桂月华为了坚守自己的爱情而选择死亡的勇气。所以朴英采决定，如果将来找不到李亨植，自己也会跳入大同江，为自己的爱情殉节。朴英采的艺名之所以取为桂月香，一是为了表明自己对桂月华的崇拜，同时也是为了表明自己对爱情和贞节的坚守。朴英采始终认为自己的一生只能属于李亨植，除了成为李亨植的妻子，她别无所求。

然而，当同李亨植再次相见并了解了李亨植的情况之后，本以为终于能获得幸福的朴英采又一次绝望了。朴英采在知晓了李亨植的经济状况后了解到，以李亨植的能力是无法帮助自己摆脱艺妓这一身份的。如果不能摆脱艺妓身份，她就不可能成为李亨植的妻子，而且还要继续接待各式各样的客人。朴英采觉得这是对李亨植和自己莫大的侮辱。她觉得，自己只能像桂月华一样跳入大同江，才能守住自己的贞节。同时，朴英采还认为，自己即便是以后嫁给李亨植，艺妓的这一身份也是始终无法改变的。

> 如今，此身已是天地不容、神灵不允、十恶不赦的罪人
> 了。此身为女祸及父母，为妹伤及兄弟，为妻则玷污名节，
> 已成无颜再对世人的罪人了。[1]

朴英采觉得自己已经没有资格追求幸福了。艺妓这一身份，剥夺了她成为妻子、成为母亲的资格，这一生，她只能以艺妓的身份生活。我们从小说中李亨植去朴英采家（其实是艺妓所）找她后的所见所闻

---

[1] 李光洙著，洪成一、杨磊、安太顺编译：《无情》，辽宁民族出版社 2007 年版，第 129 页。

可以知道，平时朴英采接待的客人都是有钱人，随便一个人都可以为她赎身，也有很多人愿意为她赎身，但是朴英采坚定地认为自己只能属于李亨植，自己必须为李亨植保持贞节，所以她不可能答应其他人的要求。然而，李亨植没有经济能力为她赎身，她又觉得自己没有资格成为李亨植的妻子，即便在身处烟花之地也依然为李亨植保持贞节的情况下，她仍旧觉得自己是不洁的，嫁给李亨植只会玷污他的名声。所以，朴英采想到以死亡来终结自己不幸的一生，想到了大同江。

朴英采一开始并没有直接告诉李亨植自己是大名鼎鼎的京城艺妓桂月香。除了觉得自己已经不贞洁，无法用艺妓的身份面对李亨植这个原因之外，朴英采还担心李亨植的反应，害怕李亨植知道自己是艺妓之后会看不起她，会离开她，这对于她来说是无法接受的。朴英采一直认为自己是属于李亨植的，即使在成为艺妓之后也依然为他保持贞节，这是她成为艺妓，甚至是作为一个女人最后的底线。在传统道德观念的影响下，这道底线是牢不可破的，也是不可逾越的，一旦跨越，朴英采最终的结局只能是以死明志。从朴英采交托给李亨植的遗物中可以看出，她七年来一直都在思念李亨植，回忆着为幼小的她找高丽纸写字的李亨植。她始终为李亨植保持贞节，甚至私下偷偷藏了一把银妆刀，随时准备为了守护自己的贞节而毅然赴死。现如今，苦苦坚守的贞节已经被奸人所毁，她再也做不成李亨植的妻子了。清凉里事件让英采彻底绝望，她毫不犹豫地选择了死亡。

从表面上看，朴英采在清凉里被裴明植和金显秀玷污是导致英采自杀的直接原因，但其实自杀这个念头早已在朴英采的心中成形。从卖身救父的那一刻开始，她的内心就埋下了自杀的"种子"。桂月华的死亡更是让她坚定了自己的想法——要是找不到李亨植，做不成李亨植的妻子，自己就必须像桂月华那样选择死亡，用死亡来坚守自己的贞洁和爱情。在找到李亨植之后，朴英采发现李亨植的经济状况使他无法为自己摆脱艺妓的身份，同时认为自己绝不能以艺妓的身份成为李亨植的妻子，耽误李亨植的前程，这时她再一次坚定了自杀的想法。清凉里事件让她对自己的处境、对这个无情的社会彻底绝望，这次她毅然决然地采取了行动。在给李亨植留下遗书后，她踏上了去平壤的火车，想同桂月华一样在大同江里结束自己悲惨的一生。

踏上火车的朴英采认为自己走上的是一条绝望的不归路，想到自己悲惨的一生，想到自己即将被大同江冰冷的江水和江底无穷无尽的黑暗包围，她流下了绝望的泪水。但此时的她却浑然不知，自己的命运会在这列火车上发生翻天覆地的变化，这列火车将会是她整个人生和命运的转折点。

在火车上，朴英采一直处于精神恍惚的状态，她为自己即将要离开这个世界感到悲哀，也为自己即将摆脱这个无情的世界感到痛快。朴英采在遇到金秉旭之前，其精神世界是非常混沌的。"死亡"是她不能成为李亨植妻子之后唯一的人生选择。在她心中，"死亡"是忠实于爱情的象征，是贞洁的象征。朴英采选择"死亡"不是为了她自己本身，而是为了实践她心中的道德观。换句话说，朴英采其实是被自己内心世界中的旧道德观导向了"死亡"。她认为只有"以身殉节"，才能捍卫心目中的封建道德礼教，才能让自己成为从小阅读的《列女传》中的"贞洁烈女"，才能表达自己对李亨植的爱，才能坚守自己的贞洁。

金秉旭在听完朴英采讲述自己的故事之后，开始对她进行一系列的劝导。在金秉旭问朴英采是否还爱着李亨植时，朴英采开始觉出自己并非真心地爱着李亨植，对李亨植的"爱情"也只是自己在父亲影响下产生的一个"误会"，而且在经历了家庭的剧变后，她单纯地认为自己可以依靠李亨植这个"未来的丈夫"，找到李亨植就意味着自己能重新找回过往的幸福。然而当她再次真正同李亨植见面后，朴英采发现这个现实中的李亨植同自己心中所思念的那个记忆中的"李亨植"完全不一样，一切已经物是人非。但是为了完成父亲让自己成为李亨植妻子的"遗愿"，为了自己内心始终坚守的封建传统道德观，朴英采仍盲目地认为自己只能属于李亨植，必须为他守住自己的贞节。在去平壤的火车上，金秉旭对朴英采进行了思想上的引导和劝慰，自此，朴英采开始了自我意识的觉醒。

在金秉旭的劝导下，朴英采首先认识到自己并非真正爱着李亨植，心中的"李亨植"只是自己想象和回忆中的人。在当时无助无望的情况下，朴英采想起了小时候照顾她的李亨植是那么优秀和温柔，再加上父亲已经告知自己要成为李亨植的妻子，所以，朴英采在内心深处创造了一个理想的"李亨植"，幻想只有这个人能带她脱离水深火热的生活，为自己带来最终的幸福。然而当朴英采在七年后同现实中的李亨植见面后，她内心深处对这个真实的、有血有肉的"李亨植"是失望的。但是传统的道德礼教蒙蔽了朴英采的思想，没有让她立刻意识到这一点，这才导致她盲目地坚持自己原先的想法，坚持自己的错误，要为李亨植保持所谓的"贞洁"，甚至为他毅然赴死。在金秉旭的帮助下，朴英采认识到自己之前的错误行为，意识到对李亨植的感情也只是为了遵从父亲的命令。在认清了对李亨植的感情并不是真正的爱情这一事实后，金秉旭告诉朴英采，此时此刻最重要的事就是要立刻摆脱旧时的封建道德观念，意识到自己作为人的权利，作为女人的权利，

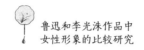
要按照自己的意志来建立自己的人生目标。

或许当时的朴英采无法完全理解金秉旭话语中的进步思想和观念，但是从小说后面的描述中我们可以看出，朴英采听取了金秉旭的劝告，努力地为自己而活，努力地找回自己作为人的权利。

> ……英采静静地坐在那里回想着自己接触过的男人，男人的身体贴近自己身体时的那种电击酥软的感觉鲜活地浮现出来。现在我的身边要是有一个男人该多好，无论是谁，要我手就给手，要拥抱我，就拥入他的怀抱。
>
> ……当时就想把头靠在他的胸口对他说，请收留我吧。但是，那时她自以为已经把自己的身与心都献给了李亨植，所以她克制住了自己。这期间仅仅想起别的男人她就有很大的负罪感，而掐自己皮肉。所以，直到现在她还不是一个自由的人，她仍无法摆脱道德的束缚。正如作茧自缚一般，把自己束缚在自己建的叫做贞操的房子里，以为这便是自己的世界。直到这次事件发生，才打破了这个房子，使她终于能够奔向广阔的世界。自从在火车上遇见了秉旭，她才知道自己曾经认识的世界只是微不足道的幻觉，知道了人生中有自由而美好的广阔世界。终于使英采成为了自由的、年轻的、漂亮的女人。
>
> 英采的内心现在才开始真正流淌着人的血，燃起了人的感情。①

---

① 李光洙著，洪成一、杨磊、安太顺编译：《无情》，辽宁民族出版社 2007 年版，第 223、225 页。

在对待两性问题上，朴英采在封建传统道德观念的影响下始终认为自己只能是李亨植的妻子，除了李亨植外，自己对其他男人产生任何想法都是不齿的行为，是违背道德的行为，是不忠的行为。在金秉旭的引导下，朴英采开始回忆自己曾接触过的异性，其中不乏令她心动的青年才俊，比如说报社记者申友善。在朴英采的记忆中，申友善是一名极具魅力的男青年，这种异性的魅力对孤独的朴英采形成了某种无法抵御的吸引力。但是，朴英采在同申友善接触时始终认为自己的身心应当只属于李亨植，对别的异性产生任何想法都是龌龊的行为，所以单方面了断了对申友善的好感，同这个对自己有着莫大吸引力的男青年始终保持距离。在遇到金秉旭之后，朴英采才真正意识到自己所在的世界，开始决定为自己而活。在同金秉旭家人相处的日子里，朴英采的思想发生了翻天覆地的变化。

金秉旭决定带朴英采一同去日本留学。在火车上，金秉旭和朴英采见到了已经订婚的李亨植和金善馨。一开始，朴英采内心还是对李亨植有所眷恋，想要询问李亨植是否还爱着自己。但是在经过金秉旭的劝说后，这种想法渐渐消散在心中了，尤其是知晓了李亨植在得知自己自杀后不久就同金善馨订婚的消息，她便更加坚定了自己的信念，摆脱掉对李亨植的幻想，不再因为他而影响自己的情绪。

当火车行驶到三浪津的时候，因为突发水灾，火车无法继续前行，李亨植、金秉旭一行人只能停留在原地等待洪水退去。在等待的过程中，朴英采心中的善让她摒弃前嫌，同李亨植、金善馨一起在礼堂举行了音乐会，为灾民们募捐。此时此刻的朴英采已经不再是那个心中充满着根深蒂固的旧道德旧思想、一心只为李亨植一个人而活的女人

了。在赈灾演出中，朴英采彻底脱胎换骨，她不再是那个只为客人们
表演的艺妓了，而是一个能找回自我、为自由放声高歌的新时代女性。
在经由金秉旭劝导并且踏上出国留学的道路之后，朴英采的心中充满
了对未来世界的美好向往。当亲眼见到三浪津灾民们的惨况时，她毅
然献出自己的一分力量为灾民们解困。在救灾音乐会之后，朴英采更
是从李亨植的发言中受到启发，坚定了去日本接受新教育后重新回到
祖国为社会做贡献的决心。在小说的结尾，朴英采结束了在日本的学
业，满怀着建设祖国的理想和信念，踏上了归国的路途。

从小说的开篇直到结尾，所有人物形象中变化最大的就是朴英采。
她从一个头脑中充满旧道德、旧思想的传统女性成长为一位立志出国
留学，期盼以毕生所学来救国救民的新女性。在整部小说中，朴英采
经历了从"旧"到"新"、从"死"到"生"、从"索取"到"奉献"
的剧烈变化过程，这一过程虽然伴随有伤心、痛苦和泪水，但人生中
那些不幸的过往最终让朴英采实现了脱胎换骨般的彻底改变，让她重
新建立起对新生活的向往。朴英采这一形象是当时深受封建旧道德、
旧思想残害的大部分女性的代表，朴英采从"旧"到"新"的蜕变暗
含了作者李光洙对这类受封建旧思想毒害的女性的期许，希望广大女
性都能从旧道德、旧思想中解脱出来，跳出旧思想、旧道德的泥沼，
走出家门，走出国门，为祖国的未来贡献自己的一分力量。

小说中朴英采这个形象是让人同情的，同时也让广大读者对造成
她不幸的根源——旧式封建道德礼教深恶痛绝，并且批判这些束缚人
们思想、造成人间悲剧的封建旧道德。幸运的是，李光洙并没有把朴
英采这个形象设计得同以前那些深受封建礼教荼毒的女性一样，最后

要么孤苦一生，要么哀怨一生，抑或凄惨地死去。李光洙让朴英采在最后转变为接受新教育并且立志归国回报社会这样的形象有着其特殊的意义。

在大部分韩国小说中，受封建制度压迫的女性往往没有好的结局。在小说《无情》中，朴英采被设定为受封建礼教毒害的女性，虽然这个角色早期经历了无数的曲折，但最后靠着别人的帮助和自己的振作重新开始新生活，并立志回国报效祖国。从这一点看，李光洙对朴英采这个角色的设置明显区别于朝鲜日据时期同时代作品中塑造的封建女性形象。李光洙没有让朴英采怀着愤懑的心情自杀，而是让她接受金秉旭的劝说，重新意识到自我的存在，重新开始迎接属于自己的生活，不再依附于任何人，只为自己而活。从作品本身来看，这是李光洙在人物设置和小说创作思想方面的创新；从现实生活方面来看，这是李光洙通过《无情》这部作品向当时国内广大读者传递国家和民族的希望。

从当时的社会现状来看，朴英采这样的女性绝不在少数，甚至可以说朴英采这个形象代表了当时社会上的大部分女性。这样的女性是悲哀的，她们受到封建礼教的制约，在茫然的生活中看不到明天，看不到希望，她们只能把未来人生的全部希望寄托到他人身上（尤其是寄托到男性身上），或者也像朴英采那样，在自己的心中存有一个幸福的幻想。但是无情的现实只能让她们一次又一次地向不幸的人生和残酷的社会环境屈服，她们同朴英采一样急需有人为自己指引道路。一部作品固然不能改变大多数人的人生，尤其是在大多数女性可能根本不会阅读到这部作品的情况下，但结合朝鲜日据时期内忧外患的情况来看，希望的力量显得尤其强大。在当时，能够阅读李光洙这部作品的人大部分是当时拥有先进思想的知识分子和学生，他们对封建礼教、封建旧道德是厌恶和唾弃的。在这些社会先进代表人物眼中，凡是受到封建礼教茶毒的人都是可怜可悲的，这些可怜之人最后的结局无疑只能是自取灭亡。但是李光洙《无情》中的朴英采这一形象却让那些先进人物看到了祖国未来的希望，因为即使是深受传统封建道德观约束的女性，甚至只是为了成为大众眼中的孝女而卖身救父的旧时代女性，只要能为她们创造一个机会，让她们接受新思想的指引，她们同样能依靠自身的力量改变悲惨的命运，成为新生活、新思想和新希望的传播者，甚至还能回报祖国，为建设美好的祖国贡献自己的一分力量。

当然，透过朴英采这个女性形象，除了传递出作者李光洙对女性所寄予的厚望之外，也同样包含了作者对传统封建礼教的批判和痛斥。在随处充斥着封建传统教条的社会环境中，在家父长制的压迫下，再加上受到了从小阅读的《列女传》和《小学》的深刻影响，朴英采走上了一条本不属于自己的道路。在所谓的"卖身救父"之前，朴英采大可以通过其他的工作来赚钱，就像小说中她自己说的，可以做保姆、做佣人，但是她为了满足自己幼年时 "卖身救父"的情结，毅然决然地选择了成为艺妓，好帮助自己顺利实现"卖身救父"这一 "壮举"。在朴英采的思想意识中，《列女传》中卖身救父的行为才是孝道的终极体现。在父亲和兄长蒙冤受难之际，如果她不能 "卖身救父"的话，就会被所有人认为是不遵守孝道的人。从今天的角度来看，这样的认知是十分可笑的，但是对朴英采这样一个深受封建礼教和家父长制束缚，且从小阅读《列女传》和《小学》的女性来说，卖身救父是她当时唯一愿意且可行的选择。也正是这一 "壮举"，朴英采度过了七年的悲惨生活，更差点枉送了性命。从这个角度来看，朴英采这个形象包含着对封建旧道德的绝对控诉，反映了封建礼教对女性造成的莫大伤害。

在以往的研究中，朴英采这个人物形象被大部分研究者单纯地划为"旧"的代表。他们认为朴英采是封建礼教和旧道德的牺牲品，但笔者认为这样的归类是不甚准确的，因为朴英采并非绝对的旧式人物。虽然朴英采自幼在朴进士的教育下学习《小学》和《列女传》，但朴进士同时也让她接受新式教育，她也去过当时的新式学校。只是在父亲朴进士的封建意识和封建旧道德旧思想的影响下，《小学》和《列女传》对她思想意识的影响远远超过了在新式学校所接受的教育以及新思想所带来的影响，但不能否认，新教育、新思想同时在她内心深处埋下了希望的种子。在对朴英采这一女性形象进行分析研究的时候，笔者曾有过一个疑问，那就是，朴英采幼年时接受过的新式教育对她后来的选择（接受金秉旭的引导，选择出国留学，决定学成后报效祖国）究竟有没有影响，现在看来，应该是有一定影响的。否则，一名深受封建礼教影响和毒害的传统女性如何能在极为短暂的时间内就改变自己的想法，让自己重新振作，重新燃起对生活的希望，甚至走出国门立志求学，并在学成后回到祖国以期改变祖国落后的状态，做出自己的贡献？从小说的叙述可以看出，朴英采在成为艺妓后有过挣扎，也有过反抗，但是这些挣扎和反抗在她独自一人的时候早被内心充斥着的封建旧道德、旧思想轻而易举地抹杀了，那时她思想中的封建旧礼教占据了绝对的统治地位，这使得她一直处于困惑迷茫之中，始终找不到自己的出路。当她在火车上遇到金秉旭，在经过了金秉旭的劝导，并且在亲身感受到了金秉旭所在的新式家庭的开放氛围之后，朴英采最终找到了属于自己的生活目标。而在金秉旭眼中，"英采是一个很有

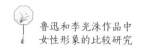

才华，理解力强，学习好的女孩子。开始的时候怕英采不能理解自己的话，总找些通俗易懂的话说，可是现在两个人几乎可以对等地交谈了"①。从这个角度来看，朴英采绝不是单纯的旧式人物，更不是单纯的所谓封建旧礼教的牺牲品，她的悲惨命运仅仅占据了她人生中的前二十年。在获得秉旭的指引和帮助后，幡然醒悟的她成为新女性的代表，更成为立志拯救祖国于危局的进步知识分子。比起小说中出现的伪新派人物——金善馨的父亲金长老那样的人，朴英采从"旧"到"新"的蜕变显得更有意义，更加符合当时的社会主题——以新科学、新知识来拯救落后的社会。

朴英采这个人物形象有着双重含义。第一重含义是显而易见的，朴英采受到封建礼教的迫害，只能让自己长期陷于没有自我的黑暗生活之中。她是无数深受封建礼教毒害的传统女性的代表，她的身上有非常明显的旧制度和旧思想的气息。读者对朴英采这个人物的遭遇抱有同情，同时产生对封建旧制度、旧礼教的抵抗情绪，批判封建旧思想给人们造成的无穷无尽的伤害。第二重含义则是希望的预见。朴英采前半生的经历是悲哀的，甚至是凄惨的，但正是这样一个曾经掉入黑暗深渊的女性，在经过了适当的引导和帮助后，依然可以找到生活中新的希望，依然可以重新开始追求属于自己的生活。从这一点来看，朴英采这个人物形象让人产生了希望，看到了未来。总的来说，朴英采的身上有封建礼教对女性造成的伤害所留下的痕迹，同时也蕴含着莫大的希望和期许，即像她这样的女性只要通过正确的劝导，也能拥有新生活，也能蜕变成为新女性。

---

① 李光洙著，洪成一、杨磊、安太顺编译：《无情》，辽宁民族出版社 2007 年版，第 215 页。

2. 半开化的新女性

小说中有"旧"的代表，相对而言，自然也有"新"的代表。在《无情》这部小说中，如果说朴英采是"旧"的代表，那作为小说中第一个出场的女性人物金善馨就是"新"的代表。按照前文所说，朴英采这个人物并非纯粹的旧式人物，更不是传统意义上的那种封建礼教的牺牲品，金善馨这个人物也同样不是纯粹的"新"的代表，不是真正意义上的新女性，她是特殊时期半开化的新女性。

小说一开篇就交代了一件事，那就是男主人公李亨植即将担任金长老的女儿金善馨的英语家庭教师。原文中对于金善馨的介绍不是通过对金善馨的直接描写来表现的，而是通过李亨植的朋友申友善来叙述金善馨家庭的大致情况的。从李亨植和申友善的对话中可以知道，金长老是当地有名的士绅家庭，家境殷实。金善馨出生在这样的家庭中，受过良好的教育，是有名的美人，并且打算明年去美国留学，所以才找李亨植补习英语。小说中李亨植还未正式同金善馨见面就开始对这个女学生想入非非，脑海中不断想象着如何同她打招呼，想象着两个人上课的情形："昨天答应了金长老的请求之后一直想到现在，但还是没有想出什么好主意。要不中间放个桌子，面对面地教？这样的话很可能会感觉得到对方的气息。说不定她梳着两条小辫子的头发会擦过我的额头。或许放在桌子下面的膝盖也会无意中发生碰撞。想到这亨植不觉中脸红了起来，微微一笑。"[①]通过对金长老家庭情况的描写可以知道，金善馨出生于当地数一数二的富裕人家，在女校接受新式教育，甚至明年还要前往美国留学。金善馨这一人物完全满足了当

---

① 李光洙著，洪成一、杨磊、安太顺编译：《无情》，辽宁民族出版社 2007 年版，第 7、9 页。

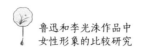
时社会对新女性的一切要求，但是随着小说情节的不断推进和发展，金善馨这个人物的身上也表现出了某些旧封建礼教的特征。

小说一开始并没有直接描写金善馨这一女性角色的外貌，只是在她和李亨植第一次见面的时候透过男主人公李亨植打量金善馨的视角来向读者描绘了她的长相。

> ……亨植抬起头，看了一下夫人，其实看的是善馨。善馨躲在母亲背后，半个身子被金夫人挡住了。她低着头，看不到眼睛，未经修饰的眉毛在洁白的额头上划出弯月的轮廓，散落着的几缕乌发盖住了桃花般的脸颊，随风轻轻飘动，吹打着紧闭着的嘴唇。尖领麻布衫朦胧地映衬出美丽的皮肤，放在膝盖上的双手，好似白玉雕刻，纤细玲珑。[①]

在金善馨、顺爱和李亨植的第一堂英语课上，金善馨表现得如同那些封建家庭出身的女孩子一样，害羞、胆怯。在同李亨植短暂接触的这段时间里，金善馨也没有表现出任何新女性的特点，反而像封建家庭的大家闺秀一样，在客人面前害羞胆怯，躲在母亲的身后。在上英语课的时候也并未表现得落落大方，反而小气扭捏。小说前半部分对金善馨的描写也就到这里为止了，从作者对金善馨的描写中可以看出金善馨这个角色虽然接受过新式教育并且在未来即将踏上留学美国的道路，但这样一位被称为"新女性"的人在日常生活中却丝毫没有表现出作为一名新女性的特点，相反身上还留存了许多封建旧式女性的影子。金善馨身上的封建旧式特征为她后来欣然接受父亲的安排、接受

---

① 李光洙著，洪成一、杨磊、安太顺编译：《无情》，辽宁民族出版社 2007 年版，第 21 页。

同李亨植的订婚埋下了伏笔，同时也让读者对金善馨的父亲金长老那所谓新派人物的身份产生了怀疑。

当读者再一次见到金善馨的时候，是她即将同李亨植订婚的前夕。在订婚之前，金长老委托牧师找李亨植谈话，表露出想要让李亨植成为自己女婿的意愿。读者读到这里才醒悟，金长老找李亨植做女儿的英语家教只是借口，其真正的目的是要让李亨植做女儿未来的夫婿。显然，从"英语家教"到"上门女婿"是金长老早已经安排好的戏码，而且金长老显然也早就对李亨植的个人情况做过调查。在金长老的观念中，李亨植是学校的教师，是在社会上有一定地位的知识分子，其才能和人品不用怀疑，再加上李亨植无父无母，没有家庭的累赘，婚后只需要一心一意对女儿和女儿这边的家庭负责即可，这样的李亨植非常适合成为自己的"上门女婿"。正是因为调查过李亨植的背景，金长老这才以招募英语家庭教师的名义让李亨植到家里同自己的女儿见面。事情发展到这一步，按道理来说，作为一名拥有自主意识和进步思想的新女性，金善馨应该不会同意这桩由父亲主导的婚姻，对只匆匆见过两面的李亨植更是不会产生什么特殊的感情。但令人不解的是，金善馨不仅丝毫没有反对，反而欣然接受了父亲的安排，同意和李亨植订婚。

当李亨植怀着即将同金善馨订婚的激动和喜悦再次踏入金长老家的时候，金长老家充满了欢喜的气氛，"安东金长老家里的每一个房间都亮着灯。院子里洒了水，泥土的芬芳和着花坛的花香飘到屋里，让几个推杯换盏的人更加异常兴奋"①。对于常年住在这个家中的人而言，

---

① 李光洙著，洪成一、杨磊、安太顺编译：《无情》，辽宁民族出版社 2007 年版，第 173、175 页。

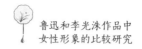

这显然不会是家里平时的氛围，然而小说里并没有提及金长老家里的其他人对这种"异常兴奋"的气氛感到疑问，这就只能说明，金长老家里其他人早已知晓了金长老对金善馨婚事的安排，金善馨本人甚至已经算是默许了她和李亨植的订婚。读者通过后面的叙述才知道原来在当天稍早的时候，金长老已经同金善馨谈论过了订婚这件事。

　　金善馨从金长老的问话中了解到了父亲的意思，并且答应了自己同李亨植的婚事，但是她内心深处始终是充满疑问的："亨植真的喜欢自己吗？自己真心想成为亨植的妻子吗？（형식이가 과연 자기의 마음에 드는가, 과연 자기는 형식의 아내가 되고 싶은 생각이 있는가 를 생각하여 보았다.）"①金善馨在知晓自己即将嫁给李亨植为妻的时候， 她心中所想的是自己是否真心喜欢李亨植，自己究竟想不想成为他的妻子。在这一点上，金善馨的身上终于第一次展现出了符合她新女性身份的特征，虽然不像其他新女性一样强烈反对父辈和家庭安排的包办婚姻，但她的内心却充满了对这桩婚姻的质疑。金善馨在同意了父亲所安排的婚事之后，立刻将这件事情告诉了自己的密友顺爱。而在同顺爱的对话中，金善馨接连说了三个"怎么办才好呢（어쩌면 좋으니）"和三个"不知道（모르겠어）"，表明了内心的迷茫和困惑。在顺爱问她如何看待李亨植这个才认识短短两三天的男人时，金善馨还是保持沉默。金善馨只是单纯地认为李亨植不是坏人，而恰好自己也不讨厌他，但此时的善馨对李亨植的感觉绝对不可能是爱情，两人婚姻的基础也是非常薄弱的。

---

① 说明：原文出自于韩文完整版《无情》，因中文版《无情》是节选版，所以笔者会使用韩文完整版《无情》的内容进行分析说明。
原文出自：이광수，정영훈 책임 편집，《무정》，민음사，2010，p.349.

对一个十七八岁的少女来说，只要不是外貌丑陋不堪的男子，任何心地善良或是心怀叵测的男性对她来说都不会令她心中生出厌恶的情绪。再加上李亨植在社会上多少有点地位，也被不少人称赞，所以善馨对亨植是绝对不讨厌的。

……当然，善馨并不爱亨植。在短短两三日间就能诞生爱情是不大可能的事，虽然现在还无法预测他们在未来是否能产生真正的爱情，但起码从现在来看，他们之间绝没有爱情。

原文：십칠팔 세 되는 처녀의 마음이라 아주 악인이거나 천한 사람이거나 얼굴이 아주 못생긴 사람만 아니면 아무러한 남자라도 미운 생각은 없는 것이라. 게다가 형식은 세상에서 다소간 칭찬도 받는 사람이므로 선형도 형식이가 싫지는 아니하였다.

……물론 성형이가 형식을 사랑하는 것은 아니다. 그렇게 이삼 일 내로 사랑이 생길 까닭이 없을 것이다. 장차 어떤 정도까지 사랑이 생길는지는 모르거니와 적어도 아직까지는 사랑이 생긴 것이 아니다.[①]

从引文可以知道，此时的金善馨对李亨植可以说是几乎完全不了解的，短短两三天的时间，金善馨根本无法了解李亨植的性格和为人，更不可能了解他的精神世界。而金善馨作为一名接受过新式教育的新女性，在双方都还未互相了解彼此的情况下接受父亲所安排的婚姻，这样的行为是可笑的，也是值得深思的。

订婚当晚，当金善馨再次出现在李亨植面前时，她依然躲在母亲

---

① 原文出自：이광수, 정영훈 책임 편집,《무정》, 민음사, 2010, p.351.

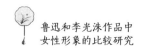
的身后,"善馨躲在夫人的后面向牧师行礼之后向亨植施礼。善馨和亨植两人的脸都红着"①。从这里的描述可以更加肯定,金善馨已经欣然同意了父亲安排的婚姻。在后来的谈话场面中,金善馨的父亲和牧师在询问两人是否愿意同对方结婚时,整个场面变得滑稽至极。

在近乎闹剧般的对话过程中,金善馨几乎没有说任何话,表达任何态度,只是在母亲的怂恿下说了"愿意(네)"。在最终定下婚约的时候,"善馨也不知为何很是高兴,为刚才自己说的'愿意',既感到兴奋又觉得滑稽"②。这里金善馨已经表现得不知所措了,甚至是有些麻木。而后大家开始讨论两人应该先学习还是先结婚的问题时,金善馨依然没有表达自己的意见,一切都是默默地听从长辈的安排。一直隐藏在金善馨这个人物身上的封建道德思想特征也通过订婚等一系列事情展现得一清二楚。

订婚事件进行到这里,读者已经可以大致揣摩出金善馨这个女性形象的性格特点,虽然她在学校接受新思想、新教育,但是她的内心依然没有摆脱封建道德礼教的观念,对于父辈的安排依然盲目地遵从。金善馨这种性格的形成同她的父亲金长老有着莫大的关系。从小说中对金长老这个人物的描写以及金长老和牧师的对话中可以看出,金长老虽然标榜自己是新派人物,是新思想的代表,但他的内心仍然是迂腐守旧的。在对自己女儿婚事的安排上,他自认为是按新派的方式处理的,比照起以前双方盲目遵照"父母之命,媒妁之言"而结婚的旧式婚姻,他不仅让女儿提前同结婚对象见了面,还"充分"听取了当

---

① 李光洙著,洪成一、杨磊、安太顺编译:《无情》,辽宁民族出版社 2007 年版,第 177 页。

② 李光洙著,洪成一、杨磊、安太顺编译:《无情》,辽宁民族出版社 2007 年版,第 183 页。

事人的"意见"，而且是在他们双方都"愿意"的情况下才定下了婚约。这场状似可笑的"新式订婚"淋漓尽致地展现了金长老外新内旧的特点。在金长老的间接影响下，金善馨虽然接受了新教育，但内心还是保有很多封建旧思想的特征。

在善馨看来，亨植一开始是没有成为自己另一半的资格的。……她一直以为自己理想中的另一半会在留学期间相遇。

……亨植的地位是远不如自己的。……亨植的外貌也不符合自己理想中的样子。

……在听到自己即将同亨植订婚的消息时，她一方面觉得惊讶，一方面又觉得失望。

让自己同亨植这样的人订婚，善馨心中充满了对父亲的埋怨和不快。自己的理想全然崩溃，自己的地位也会一落千丈。但善馨知道父母的话是不能违抗的，父亲的一句话就此决定了自己的一生。

随着同亨植的接触越来越频繁，两人也开始互相了解对方的思想和性格，渐渐地，善馨对亨植有了好感。……善馨喜欢亨植的嘴唇，从他的嘴唇扩展到他的整张脸。

原文：선형의 보기에 형식은 처음부터 자기의 짝이 되기에는 너무 자격이 부족하였다. …… 자기의 이상의 지아비는 미국에 유학하는 중이어니 하였었다.

……형식은 자기보다 여러 층 떨어지는 딴 계급에 속한 사람이어니 하였다. ……형식의 얼굴은 자기의 이상에 맞지 아니하였다.

　　……자기가 형식과 약혼을 하게 된다는 말을 듣고
일변 놀라며 일변 실망하였다. 형식 같은 사람으로
자기의 배필을 삼으려 하는 부친이 원망스럽기도 하고
불쾌하게도 생각이 되었다. 자기의 이상이 온통 깨어지고
자기의 지위가 갑자기 떨어지는 듯하였다. 그러나 선형은
부모의 말을 거역하지 못할 줄을 안다. 부친의 말
한마디에 자기의 일생은 결정되거니 한다.

　　그러나 점점 오래 상종을 하고 말도 많이 듣고 서로
생각도 통하여짐을 따라 선형은 차차 형식에게 정이
들어 온다. ……선형은 형식의 입술을 사랑한다. 그래서
형식의 얼굴이 온통 입술이 되고 말기도 한다. ①

　　金善馨的内心始终认为自己会在美国留学期间遇到喜欢的人，李亨植的各方面条件都不符合她心目中丈夫的形象，而且长老家庭出身的自己拥有比李亨植高得多的地位。金善馨虽然对李亨植的长相不甚满意，但是在同李亨植的不断接触中也逐渐找出了一个他值得自己喜欢的优点——他的嘴唇。从引文可以看出，金善馨的内心对未来是充满期望的，她会在内心幻想自己未来的丈夫，会幻想自己未来的生活，这是她作为新女性的特征——对自己的地位和需求有清楚的认知。但是她内心中旧式封建礼教的约束让她即使在对未婚夫的各方面条件都不甚满意的情况下也依然按照父亲的意思接受了同李亨植的婚姻，这是她内心旧思想残留的表现。如果说金善馨在对李亨植有诸多不满的情况下依然接受了他，并且还努力从他身上找到值得自己喜欢的特征

---

① 原文出自：이광수，정영훈 책임 편집，《무정》，민음사，2010，p.410-413.

这一点看，金善馨已经在无意识中肯定了这场婚姻，而前面对李亨植的诸多不满则表现得像妻子对丈夫的几句牢骚抱怨一般了。

小说中李亨植对金善馨是否爱自己的提问是两人相处的高潮部分。在此之前，金善馨虽然对李亨植有诸多看法，但是内心已经默认自己是李亨植的妻子了，虽然之前她在内心深处反复思考过自己是否真心想成为李亨植的妻子这个问题，但是当自己是否爱着李亨植这个问题被李亨植当着自己的面亲口提出来的时候，金善馨除了感到不知所措之外，还感到惊讶无比。因为在金善馨的认知中，在同李亨植相处的这段时间里，他们已经开始互相了解对方的性格，她也从心底里开始接受李亨植，自己就已经算是李亨植的妻子了。既然是妻子，那么自己自然而然就是爱着他的，为什么李亨植还要问她这样的问题呢？所以金善馨认为这个问题是不需要回答的。两人已经订婚了，就一定是相爱的关系，自己一定是爱着李亨植的。

实际上善馨并没有思考过自己究竟是否爱李亨植这个问题。因为她认为自己没有思考这个问题的权利。自己已经是亨植的妻子了，所以侍奉亨植就是自己作为妻子的义务。但无论如何，亨植似乎都很想从自己这里得到一个准确的答复，但如果自己回答错误的话，真是连做梦都没想过。亨植的问题对善馨来说就是晴天霹雳。

"为什么问这样的问题呢？"

"这对彼此都有好处的，在事情完全确定下来之前……"

"什么？确定什么呢？"

"我们现在只是订婚，还没有正式结婚。所以现在还有机

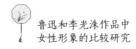
会来纠正这个错误。"

善馨听了亨植的话，惊恐得全身起了鸡皮疙瘩。她听不懂亨植话里的意思了。

"您的意思是要取消订婚吗？"善馨说着说着流下了不知所措的泪水。亨植看到这个场景，对自己刚刚说过的话感到万分懊悔。

"是的，就是这个意思。"

"为什么呢？"

"万一善馨小姐不爱我的话……"

"那么订婚就取消吗？"

"也不是终止订婚。"

"那是要终止什么呢？"

"我说的是爱情。"

"如果没有爱情的话？"

"那么订婚就是无效的。"

亨植的话善馨思考了一会儿。

"那么先生您呢？"

"我爱着善馨小姐，比起我的生命，我更爱善馨小姐。"

"那这样不就可以了吗？"

"我说的是善馨小姐对我的爱。"

"妻子不都是爱着自己丈夫的吗？"

亨植愣愣地看着善馨，善馨低下了头。

"这话是谁说的？"

"《圣经》里的话。"

"那么善馨小姐是怎样想的呢？……善馨小姐真是这样想的吗？"

　　"我也是这样认为的。"

　　"因为是妻子所以才爱着丈夫，还是因为爱情所以才成为妻子的呢。"

　　原文：실로아직 선형은 자기가 형식을 사랑하는가, 않는가를 생각하여 본 적이 없다. 자기에게는 그런 것을 생각할 권리가 있는 줄도 몰랐다. 자기는 이미 형식의 아내다. 그러면 형식을 섬기는 것이 자기의 의무일 것이다. 아무쪼록 형식이가 정답게 되도록 힘은 썼으나 정답게 아니 되면 어찌하겠다 하는 생각은 꿈에도 한 일이 없었다. 형식의 이 질문은 선형에게는 청천벽력이었다.

　　"왜 그런 말씀을 물으셔요?"

　　"하루라도 바삐 아는 것이 피차에 좋지요. 일이 아주 확정되기 전에……."

　　"에? 확정이 무슨 확정입니까?"

　　"아직 약혼뿐이지 혼인을 한 것은 아니니까요. 그러니까 지금은 아직 잘못된 것을 교정할 여지가 있지요."

　　선형은 더욱 무서워서 몸에 소름이 끼친다. 형식의 말하는 뜻을 알 수가 없다.

　　"그러면 약혼했던 것을 깨트린단 말씀입니까?" 하는 선형의 눈에는 까닭 모르는 눈물이 고인다. 형식은 그것을 보매 이러한 말을 낸 것을 후회하였으나.

　　"네. 그 말씀이야요."

"왜요?"

"만일 선형 씨가 나를 사랑하시지 아니하면……"

"벌써 약혼을 했는데두?"

"약혼이 중한 것이 아니지요."

"그러면 무엇이 중합니까."

"사랑이지요."

"만일 사랑이 없다 하면?"

"약혼은 무효지요."

선형은 한참 생각하더니

"그러면 선생께서는?"

"제야 선형 씨를 사랑하지요. 생명보다 더 사랑하지요."

"그러면 그만 아닙니까."

"아니요. 선형 씨도 저를 사랑하셔야지요."

"아내가 지아비를 아니 사랑하겠습니까."

형식은 물끄러미 선형을 본다. 선형은 고개를 숙인다.

"그것은 뉘 말입니까."

"성경에 안 있습니까."

"그렇지마는 선형 씨는 어떻게 생각합니까 …… 선형 씨의 진정으로는?"

"저도 그렇게 생각하지요."

" 아내가 되었으니까 지아비를 사랑합니까. 또는 사랑하니까 아내가 됩니까."①

---

① 原文出自: 이광수, 정영훈 책임 편집,《무정》, 민음사, 2010, p.420-422.

在同李亨植进行上面这场对话时，金善馨的内心是忐忑不安的，她认为，妻子一定是爱着自己丈夫的，她已经同李亨植订婚了，那么自己应当就是爱着李亨植的。但是经过这场对话，金善馨似乎开始对自己的婚姻进行真正的思量和打算。她反复地问自己是否爱李亨植，答案都是否定的，但是当她对自己提出"究竟是因为成了妻子才爱着丈夫，还是因为爱情才成为妻子的呢？（아내가 되었으니까 지아비를 사랑하느냐, 사랑하니까 그 지아비의 아내가 되었느냐.）"① 这个问题时，她又坚决地否定了，金善馨认为，就算不是父母决定的婚姻，也是上帝早已为她安排好的一切，所以她固执地认为李亨植如果没有爱情就没有婚姻的想法是错误的，对上帝已经做出决定的婚姻是不用考虑爱情的。所以金善馨才说"亨植的话是错误的。亨植的话绝对错了。我就是亨植的妻子，无论如何我就是亨植的妻子。（형식의 말은 잘못이다. 형식의 말은 깨끗지 못한 말이다. 그러나 자기는 형식의 아내다. 결코 사람의 손으로 어찌할 수 없는 형식의 아내다.）"②。

金长老是教会的成员，金善馨理所应当也是教徒。在父亲的影响下，金善馨视上帝为至高无上的存在，甚至超过了父权在她心中的影响，毕竟在她心中，上帝是作为全知全能的神明存在的，他早已为世人安排好了各自的人生。金善馨在信仰上帝的同时，也是绝对依赖他的，就如同依赖自己的父亲一样，当金善馨对父亲的决定产生怀疑的时候，就转而无条件地依赖上帝，而她对自己婚姻的态度也是这样。金善馨在同李亨植的对话中对父亲安排的婚姻产生了一定的疑问，尽

① 原文出自：이광수, 정영훈 책임 편집,《무정》, 민음사, 2010, p.425.
② 原文出自：이광수, 정영훈 책임 편집,《무정》, 민음사, 2010, p.425.

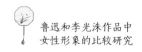
管她内心已经意识到没有爱情基础的婚姻是不对的，也对父权产生了怀疑，但她很快就把对父权的依赖转向了对上帝的依赖，最后她得出的结果仍然是坚持"上帝安排好的婚姻"。从这里可以看出，作为接受过新式教育的新女性，金善馨是拥有一定的思考能力的，但是她内心埋伏已久的传统道德束缚让她的精神世界变得无比脆弱，所以她需要一个强大的精神依附，这个依附可以是自己的父亲，也可以是万能的上帝。

在火车上，金善馨作为金秉旭的同学，是最先同朴英采见面并谈话的。金秉旭介绍朴英采时说是自己的妹妹，她们三个人一起热烈地讨论出国留学后学习的事情，此刻的金善馨对朴英采的印象应该还是不错的。但是，当她回到自己的车厢跟李亨植和申友善提到了朴英采的事情，也知晓了朴英采同李亨植的故事之后，她对朴英采的感觉变得相当复杂。金善馨其实早就知道李亨植同一名叫桂月香的艺妓纠缠不清，但是她万万没有想到京城大名鼎鼎的艺妓桂月香就是自己刚刚在车厢中见到的朴英采，她更没有想到的是，桂月香——也就是朴英采——同自己一样，即将出国留学深造。在李亨植离开自己身边前往其他车厢看望朴英采的时候，金善馨的内心活动是极其复杂的，她认为李亨植是因为失去了朴英采后才答应同自己订婚的，自己只是朴英采的替身，李亨植完全欺骗了自己。

……的确，善馨一直心中不快。那么她就是那个叫做月香的艺妓吧。不是说死了么，那都是假话么？是胸怀恶毒的奸计却假装文静吗？好心的秉旭是否中了她的奸计？难道是知道了今天亨植和我动身的消息故意乘同一列车的吗？或是亨植至今不忘旧情，悄悄地告诉了她出发的时间，想在去美国之前再见一面？①

　　直到现在为止，善馨还没有讨厌过任何人。八字好的善馨也从没有遇到过让她讨厌的人。同自己相交的人都对自己非常好，爱护自己，对自己交口称赞。就算在学校里遇到一些不好相处的老师们，也只是皱皱眉，嘴上抱怨道"哎呀，真讨厌……"，而让她真正讨厌的人却还从未有过。亨植让善馨真正体会到了讨厌一个人的感觉。

　　原文：선형은 아직 사람을 미워하여 본 적이 없었다. 팔자 좋은 선형은 미워하려도 미워할 사람이 없었다. 자기를 대하는 사람은다자기를 귀여워해 주고 칭찬해 주었다. 학교에서 몇 번 선생을 미워하여 본 적은 있었으나 '아이구, 미워…….'하고 얼굴을 찡그리도록 누구를 미워할 기회는 없었다. 형식은 선형에게 첫 번 미움을 받는 사람이다.②

此刻，金善馨的心情完全是一个妻子对不忠的丈夫的埋怨和厌恶。金善馨同李亨植的婚事虽然是由自己的父亲金长老一手安排的，但作为一名在学校里接受过西式教育的新女性，金善馨只能接受一夫一妻制的婚姻而不允许自己的丈夫还有其他女人。在听到李亨植和朴英采的故事后，金善馨认为李亨植只是因为失去了朴英采，不得已才把感情转移到自己身上，而在听到李亨植于朴英采"自杀"的第二天就同

① 李光洙著，洪成一、杨磊、安太顺编译：《无情》，辽宁民族出版社2007年版，第255页。
② 原文出自：이광수, 정영훈 책임 편집，《무정》，민음사，2010, p.494.

自己订婚时，金善馨对李亨植的人品以及对李亨植曾经向自己表达过的所谓"爱情"也产生了深深的怀疑。金善馨此时的气愤体现出了她对自己作为妻子的权利的维护，在她所接受的新式教育中，男女在婚姻中只能互相拥有对方，不允许有第三个人存在。另外，对李亨植的表现，她也表现出了相当的不满。

此时的金善馨已经完全把自己当作了李亨植的妻子，在知晓了李亨植和朴英采的故事之后，她所表现出的不是像金秉旭那样的同情，而是对自己和李亨植的关系感到茫然，甚至是气愤。当李亨植表示要去找朴英采之后，她的情绪从气愤瞬间转化为强烈的嫉妒。

> "亨植现在干什么呢？同英采说着什么有趣的话吧"她这样想着，眼前浮现出英采欢笑的面庞，那白皙圆润的脸刹时变成娇艳的怪物，"漂亮什么，那脸蛋还能算漂亮！"想着，抬了一下腿又放下。然后那怪物似的英采仰着头，亨植张着大嘴恶心地笑着。
>
> "哎呀，真难看，"善馨张开两手放在额头上，"他怎么还不回来。"她挪动了一下位置坐下。"说什么话这么长。"她忍不住站起来又坐下。亨植要回来使劲跟他泄愤，"你们自己玩吧，"吐吐唾沫想跑出去，"啊啊，我的命啊！"她晃动了一下身体。
>
> "这可如何是好啊！"她趴着哭了起来。
>
> 善馨也是女孩，所以学会了嫉妒和哭泣。①

---

① 李光洙著，洪成一、杨磊、安太顺编译：《无情》，辽宁民族出版社2007年版，第269页。

善馨有可怕的感受，自己的五脏六腑好像完全扭曲了，黑色的火苗好像从鼻孔里喷出，自己呼呼的喘息声就好像一个巨大的魔鬼站在自己旁边呼呼吹着冰冷的气息。自己的身体恰似学习圣经时幻想的正在漂向黑暗的地狱。善馨浑身起了一层鸡皮疙瘩，扫了一眼散坐在车厢周围打着瞌睡的旅客们，这些旅客好像也都变成了魔鬼。好像他们立刻就会瞪着双眼扑过来似的。

　　"哎呀，吓死人了。"善馨用双手捂住自己的脸，一捂上脸就又看到了英采和亨植。两人脸贴脸紧紧拥抱着嘲笑地看着自己，自己站在旁边"呸！"地唾了一口，就见两人变成吓人的魔鬼，"汪！"的一声扑过来撕咬自己。善馨吓得"哎呀妈呀！"惊呼了一声便倒了下去，身体因莫名的恐惧而哆嗦不止。[①]

　　善馨立刻想起了上帝，于是向上帝祷告，但是嘴里只是不停地念叨着"上帝呀，万能的上帝呀"，其他的什么也说不出口。善馨口中呼唤了几次上帝，口中默念着"请上帝饶恕我这个罪人的罪过"，渐渐地，她脑中那些可怕的想法消失了，逐渐变得心平气和起来。善馨闭上了双眼，想象着此刻万能的上帝就在自己身边。

　　原文：선형은 얼른 하나님 생각을 하고 기도를 하려 하였다. 그러나 '하나님, 하나님.'할 따름이요, 다른 말이 나오지를 아니하였다. 그래서 몇 번 하나님을 찾다가 무슨 뜻인지도 모르고 '이 죄인의 죄를 용서하여

----

① 李光洙著，洪成一、杨磊、安太顺编译：《无情》，辽宁民族出版社 2007 年版，第 271 页。

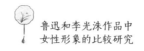
주시옵소서.' 하고　말았다.　그만해도　얼마큼　무서운
생각이　없어지고　숨소리가　순하게　되었다.　그래서
선형은　곁에　그리스도가　와서　선　것을　상상하고　가만히
눈을　감고　있었다. ①

"善馨没有想过要得到李亨植的爱（선형은　지금까지　형식에게
사랑을　받고　싶다　하는　생각은　별로　없었다.）" ②，她只是认为自己
已经成为李亨植的妻子，而作为妻子的自己就应该爱着自己的丈夫，
同时这还是自己的父母定下的婚姻，让自己成为他的妻子。作为新女
性的金善馨认为丈夫李亨植就只能拥有自己一位妻子，但是朴英采的
出现让她瞬间变得不知所措了，她开始有了嫉妒的感觉。金善馨是信
奉上帝的，作为上帝的信徒是不应该有嫉妒的心理的。对于金善馨来
说，嫉妒的情绪就像魔鬼一样缠绕着自己，而自己却还无法摆脱这种
情绪。

金善馨的心中充满着嫉妒和厌恶的情绪，而这种情绪一直持续到
火车抵达三浪津。三浪津发生了非常严重的水灾，火车只能停靠在此，
等待洪水退去。当看到灾民的惨况之后，金善馨没有计较个人恩怨，
毅然加入了慈善演奏会，为灾民贡献自己的力量。在赈灾之后同李亨
植、金秉旭和朴英采的对话中，金善馨意识到自己身上的重任，也重
新认识了李亨植和朴英采。

当三个姑娘合唱英采作的歌曲时，善馨觉得英采可亲，
现在三个人又异口同声地说出，"我们来做！"时，她更觉得

---

① 原文出自：이광수，정영훈 책임 편집，《무정》，민음사，2010，p.501.
② 原文出自：이광수，정영훈 책임 편집，《무정》，민음사，2010，p.496.

英采可亲可爱。还有，刚才亨植同秉旭问答时，亨植脸上显现的一种严肃而神圣的表情，使她至今还对他怀有误解，感到了愧疚。她想永远爱着亨植与英采。所以，她又看了一眼亨植与英采。①

此时的金善馨看到的是李亨植和朴英采内心的善良，是他们身上顽强不屈的斗志，是他们身上散发出的追求科学真理的执着，这些也同样是金善馨作为一名新女性身上所具备的优点。此刻，金善馨不再认为李亨植和朴英采是讨人厌的，是比不上自己的。在金善馨的眼中，此时此刻的李亨植、朴英采同自己都是平等的，而李亨植身上迸发出的进步气息甚至还超过了自己以往对他的认知。如果说金善馨以前对李亨植的感觉只是作为一名妻子对丈夫的理所当然的感情，那么从这一刻开始，金善馨才是真正意义上爱上了李亨植。这一刻，让金善馨产生爱情的不是李亨植在社会上的教师身份，不是李亨植的外表，而是李亨植心中的坚定理想和信念。李亨植的进步思想和理念让金善馨真正开始认识并了解自己的订婚对象，也让金善馨真正认同了她和李亨植的婚姻，并且愿意同这样的李亨植为新教育、新科学和新国家贡献自己的力量。也正是在这种全新的认知下，金善馨改变了对朴英采的态度，重新认识了朴英采，认为朴英采是和自己一样，能为国家做贡献的新女性。

小说的结尾，金善馨身上所散发出的新思想的光芒，把她新女性的角色形象发挥到了最大。金善馨是作为一个新女性的形象出现在小

---

① 李光洙著，洪成一、杨磊、安太顺编译：《无情》，辽宁民族出版社 2007 年版，第 289 页。

说中的，但是在整个小说情节推进的过程中，金善馨身上反而十分明显地留有旧道德、旧思想的印记。她在几乎完全不了解李亨植的情况下服从了父亲的安排，应允同李亨植订婚。即便后来两人订婚，金善馨对李亨植产生的也不是真正意义上的爱情，而是在旧式观念的引导下妻子对丈夫的盲从心理。在知晓了李亨植和朴英采的事情后，她不仅没有对朴英采的际遇产生同情，反而对朴英采产生了怨恨和嫉妒，盲目地守护自己所谓的婚姻。但也正是因为金善馨接受过新式教育，身上有新式女性的特质，随着故事情节的发展，她又不断对父亲安排的婚姻产生怀疑，怀疑自己是否应该遵从父命同李亨植结婚，怀疑自己是否真的爱着李亨植，怀疑自己是不是李亨植在失去朴英采后寻找的替代品。正是金善馨身上的新女性特质让她拥有敢于冲破旧制度、旧道德、旧思想的勇气，让她内心深处产生了无数次的怀疑，也让她开始全面思考人生存在的意义。作为新女性，金善馨内心的善良让她抛弃个人恩怨，加入金秉旭和朴英采，为灾民贡献自己的力量。同时，她内心的真诚让她在真正了解李亨植和朴英采的内心世界之后，决心同他们一起为新教育、新科学和新国家贡献自己的力量。小说最后，金善馨在对李亨植和朴英采的愧疚感中坚定了自己的想法，意识到自己从那时起才开始真正爱上李亨植，真正从内心认同了自己和李亨植的婚姻，真正开始作为一名新女性迎接未来的生活。

如果说朴英采形象的意义是在批判旧时代的同时，肯定了在旧的世界中只要有合适的引导也会产生希望、作为旧时代的女性依然有改变自身命运的能力的话，那么金善馨形象的意义则象征了女性在不彻底的改造和变革中一步步走向新世界的过程。

小说中出现了大量关于朴英采和金善馨形象的对比。从家庭出身到各自接受过的教育，再到各自的境遇，可以说，两者的形象几乎是对立的。但是看似对立的两者，实际上却有无数的联系。金善馨和朴英采在小说中都不是纯粹的"新"和"旧"的代表，她们身上同时存有"新思想"和"旧道德"的双重特征。朴英采的内心虽然被封建礼教和旧道德占据，但内心深处依然留有之前在学校接受过的新式教育的痕迹——例如她在成为艺妓后，同桂月华一起去学校听进步演讲。所以，这种"新思想"的特征也让她在遇到金秉旭之后听取金秉旭的劝导，主动去改变自己的命运，成为为建设新国家而努力的新女性。而金善馨在接受过新式教育之后，虽然已经被身边所有人称为新女性，但由于身处封建家父长制的家庭环境的原因，她的内心依然深受封建旧道德和旧思想的影响，但也正是由于她在学校接受过系统的新式教育，她在小说最后才能够收获真正属于自己的爱情，正式开始属于自己的新生活。

不可否认的是，李光洙小说《无情》中的金善馨并不是真正意义上纯粹的新女性的代表，她的身上依然残留着封建旧道德和旧思想的印记，这样的印记让金善馨始终无法成为一名真正的新女性。金善馨身上这种不彻底是当时社会上大部分接受过新式教育的女性的一大特征。这类女性进过新式学校，接受过新式教育，同像朴英采那样在社会底层苦苦挣扎的旧式女性有着截然不同的经历。但即便是她们接受过新式教育，由于家庭、社会等种种原因，她们内心依然有封建旧道德、旧思想残留，并且受这些旧道德、旧思想影响颇深，从而成为不彻底的新女性——半开化女性。然而这种不彻底预示了她们日后的命运将产生巨大的变化，她们或会被内心残留的旧道德、旧思想所主导，再一次被封建礼教束缚，重新沦为封建旧道德、旧思想的牺牲品；或会像金善馨那样，通过对社会、对自己命运生出全新的认知，从而转

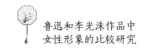

变成为真正的新女性。这种不彻底性对当时社会上的女性来说，影响是非常巨大的，同时也是十分可怕的，因为她们有再次沦落的危险，而且对于女性来说，这种代价是惨重的，甚至还会威胁到自己的生命。

金善馨身上新女性的不彻底性不是少数女性身上才有的特征，而是当时绝大部分新女性身上共有的特性。在当时，进入学校接受新式教育是社会共同的认知，女性们也纷纷走出家庭，去学校接受新式教育，但是女性在接受新式教育的过程中，家庭和社会环境对女性的影响是巨大的，父母家庭和社会中存在的固有观念和旧式封建道德观念依然主导着女性的思想和命运，那些接受过新式教育的女性要想转变成为真正的新女性，就必须要意识到自身的不彻底性，并且彻底摆脱封建旧思想和旧道德对自己产生的影响。

金善馨这样的半开化女性相对于朴英采来说是进步的，她们接受过全新的教育，了解新式的科学文化，但同时她们也是不成熟的，由于周围环境的影响，她们身上的不彻底性让她们随时都在受到封建旧思想、旧道德的威胁，稍有不慎，她们就会重新沦为受到封建旧思想、旧道德摆布的棋子。

金善馨身上新女性的优点是值得称赞和弘扬的，但是她身上残留的封建旧思想和旧道德却让人不得不进行深刻的反省。在当时的社会背景下，女性即使在已经进入了新式学校、接受过新式教育的情况下，依然无法真正彻底地摆脱封建旧思想和旧道德的影响，甚至还可能会继续受到那些旧思想、旧道德的摆布，无法拥有真正属于自己的新生活，甚至始终无法正视自己内心真正的需要和情感。可见，封建旧思想和旧道德在当时人们的心中是根深蒂固的，不可能轻易被消除殆尽，而封建旧思想、旧道德对女性的压迫和伤害更是无法轻易摆脱的。所以，对于这类接受过新式教育的半开化女性来说，适当的劝导和指引是必需的，甚至对她们还有进行再教育的必要，这样才能更好地帮助她们彻底摆脱封建旧思想、旧道德的影响，让她们意识到自身的不足，看到自身的不彻底性，让她们坚定信念，适应未来的新生活。

小说最后并没有清楚地交代金善馨是否真正摆脱了封建旧道德和旧思想对自己的影响，是否真正摆脱了对父权的盲目遵从，但在李亨植他们的影响下，金善馨有了全新的理想，找到了自己未来生活、学习的方向，这就是劝导的过程，也是"再教育"的过程。所以，在李光洙看来，对于这类半开化女性，不能对她们不管不顾，更不能让她们在迷茫中失去方向，而是需要对她们进行彻底的指引，让她们找到未来的方向。

3. 成熟的新女性

笔者在前面分析了小说《无情》中朴英采和金善馨的形象，并分析得出她们各自都不是彻底的"旧"和"新"的代表。作者在借朴英采这个形象批判旧道德和旧思想的同时，也肯定了这类女性身上存有的希望，在经过适当的引导后，她们依然能成为对社会有用的新女性。而李光洙借金善馨这个形象肯定了新式教育在女性身上取得的巨大成果的同时，也让读者们意识到这类受过新式教育的女性身上留有不可避免的不彻底性，从而要努力帮助这类女性意识到自身的不足，找到属于她们自己真正的生活和未来。而小说中出现的第三位重要女性是十分完美的新女性代表——金秉旭，她在小说中不仅挽救了朴英采的生命，也带领她走上了成为新女性的道路，尤其是在小说的最后同李亨植的一番言论更是成为这四个人未来生活的指引。

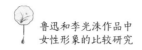

　　金秉旭出场于小说的后半部分，她和朴英采是在前往平壤的火车上相遇的。在火车上，正当朴英采内心感慨万千的时候，煤灰掉进了眼睛里，这时，穿着和服的金秉旭出现了。金秉旭出场时给人的印象是温暖、沉稳的。当金秉旭帮英采弄出眼睛里的煤灰后，她对朴英采说："嗨，要是没有别人我用舌头舔该多好。"[①]从这里可以看出，金秉旭同其他女性的不同之处在于，她有一般女性没有的勇敢和无畏。当金秉旭领着朴英采去洗手间清洗眼睛的时候，她同朴英采几乎还互相不认识，而金秉旭的种种行为都体现了她自己作为女性的温柔和细心，更体现了热情和温暖。

　　……英采摇晃着跟在那妇人的后面，朝洗手间走去。大理石的台面上装有雪白的陶瓷洗面盆，妇人先放些水在里面，用手搅了几下放掉，涮干净面盆之后，重新放满了水，打开香皂盒，然后拿一条带有红色条纹的毛巾搭在英采的肩膀和衣领上，一只手揽着英采的腰，让她靠在自己的身上。[②]

金秉旭和英采一起吃寿司的时候：

　　……英采不知道那是什么，一种布满了洞的两块糕中间夹着薄薄的生肉片。英采也不好问这是什么，静静地坐在那里。妇人看了一眼英采的眼睛，心里便明白她不知道这种食品。妇人边劝英采吃边问道：

---

① 李光洙著，洪成一、杨磊、安太顺编译：《无情》，辽宁民族出版社 2007 年版，第 195 页。
② 李光洙著，洪成一、杨磊、安太顺编译：《无情》，辽宁民族出版社 2007 年版，第 195 页。

"您去哪儿啊？"

说着，自己先拿去一块儿糕吃。①

小说通过种种细节描写表现了金秉旭的细心和善解人意，为后面金秉旭无条件为朴英采提供各种帮助埋下了伏笔。

在同朴英采的对话中，金秉旭意识到对方有心事，看到朴英采满脸愁容、欲言又止的样子，金秉旭更想要了解她这样的女子身上究竟发生了什么事，以至于让她如此伤心难过。金秉旭知晓朴英采意欲自杀后感到震惊，更加急切地想要帮助她。"英采睁眼望着女学生，女学生的眼里也噙满了泪水。她这样活泼，像男人一样的人居然也会流泪，让人感到奇怪，英采觉得这个女学生非常可亲。擦英采眼泪的手绢上沾着她嘴唇上流出的血。女学生静静地看着那血和英采的脸，怜悯之心油然而生。"②

当金秉旭知晓了朴英采的故事后，第一句话就是"那么您现在还爱亨植么？"③。在金秉旭的心中，爱情的产生是完全自觉自发的行为，而不是在他人的命令和指使下产生的。在了解了朴英采对李亨植的感情只是遵循父亲的遗愿，对他的感觉也只剩下童年美好回忆的时候，金秉旭非常肯定了朴英采对李亨植的感觉并不是真正的爱情，她对李亨植的感情只是对父亲想法的盲目遵从，只是在痛苦不堪的生活中对未来生出幻想时所产生的幻觉而已。金秉旭为了打消朴英采自杀的念

① 李光洙著，洪成一、杨磊、安太顺编译：《无情》，辽宁民族出版社 2007 年版，第 197 页。

② 李光洙著，洪成一、杨磊、安太顺编译：《无情》，辽宁民族出版社 2007 年版，第 201 页。

③ 李光洙著，洪成一、杨磊、安太顺编译：《无情》，辽宁民族出版社 2007 年版，第 201 页。

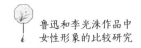

头，开始对朴英采进行指引和劝导：

      "首先，英采小姐一直是在受骗中生活的，不爱那个叫李亨植的人，却一直为他保守贞操。为了父亲近似玩笑的一句话，您无谓地保守了七八年的贞操。为了一个自己并不爱的人，为了一个彼此之间没有允诺的人保守贞洁，这不是徒劳之举吗？这和为了死人，为了世界上并不存在的人而保守贞洁有什么不同？固然，英采小姐心地善良，固守贞操，可是不过如此。接受您美丽的心灵和贞操的，本应另有他人。所以如果你是真心爱他，就从现在开始向他献出身体和心灵。如果不是那样的话，就在其他男人中再找一个。不过……"

      "……到现在为止英采小姐一直是在梦幻中度过的。怎么能把自己的心交给一个连相貌和内心都不知道的男人呢？这不过是错误的旧思想的束缚啊。人以自己的生命生活，哪有自己不爱的老公呢？所以说英采小姐过去的生活是梦幻，而真正的生活从现在开始。"①

金秉旭让朴英采认识到自己对李亨植的感情并非真正的爱情，更向朴英采分析了为李亨植而死的行为是不值得的。她让朴英采意识到李亨植对于自己来说就像陌生人一样，英采对这个男人的内心世界一点都不了解，她只是一直生活在自己的幻想之中而已。金秉旭的话让朴英采打消了自杀的念头，让她开始思考未来是否还有新生活在等待自己。而金秉旭关于三从四德的看法更是让朴英采惊讶不已。

---

① 李光洙著，洪成一、杨磊、安太顺编译：《无情》，辽宁民族出版社 2007 年版，第 205，207 页。

"父为子纲，夫为妻纲，谁都认为这样才是符合情理的吧，可是比起父母、丈夫的话，子女、妻子的一生不是更重要么？为他人的意志而决定自己的一生，无异于判处自己的死刑，这可以说是一种人性的罪恶。更有甚者，'夫死从子'这句话概括出了男人的暴虐，完全无视女人的人格。母亲教育管束儿子本是天经地义，哪里有母亲得顺从于儿子的这种歪理？"①

女学生涨红着脸，有力地抨击旧的礼教。

"英采小姐也是因为成了这种旧式礼教的奴隶，所以到现在一直饱受痛苦。赶快打破樊笼，从梦中醒来，获得自由，做一个为自己活着的人！"女学生神情严肃地说着。②

小说中金秉旭的性格主要是通过以上几段对话来展现的。引文中一段关于女子三从四德的言论更是发人深省，让读者不得不开始思考封建旧思想和旧道德对女性造成的莫大伤害。从上面的两段话中可以看出金秉旭对封建旧思想和旧道德的态度是理智的，是绝对批判的，同时也可以看出，金秉旭对封建礼教迫害女性的认知是相当深刻的。金秉旭不单认识到封建旧道德和旧思想对女性的危害，甚至还敢于同封建礼教相抗衡，鼓励身边深受封建礼教毒害的女性主动摆脱封建礼教的束缚，让她们也认识到封建旧道德和旧思想的危害。金秉旭的劝说纠正了朴英采内心封建旧思想和旧道德中的贞节观，让她意识到，封建旧道德、旧思想中的贞节观根本不是在维护女性的权益，反而是

---

① 李光洙著，洪成一、杨磊、安太顺编译：《无情》，辽宁民族出版社 2007 年版，第 209 页。
② 李光洙著，洪成一、杨磊、安太顺编译：《无情》，辽宁民族出版社 2007 年版，第 210 页。

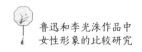
在毒害女性同胞的身心，让女性沦为封建礼教的牺牲品。而后金秉旭关于女性社会地位问题的看法更是让读者震惊。

> "女子也是人，作为人需要承担的社会角色很多。为人女、为人妻、为人母、都是女人的角色。此外还有宗教、科学、艺术、社会或者国家的事务上也有很多女人可以担当的职位。可是自古以来，在我国，女人一直仅仅作为男人的妻子出现。即使为人妻也是按照别人的意志，按别人的话行事。长久以来，女人不过是男人的一种附属品，一种财产。就像某个物品从一个人手里交到另外一个人的手里一样……我们也要成为人，想做女人首先要成为一个人。英采小姐要做的事情很多。您绝不仅仅是为了您的父亲和李先生而生，而是为了祖祖辈辈的朝鲜，为了现在十六亿的同胞，还有那祖孙万代而生，所以说您除了对父亲的义务以外，除了对李先生的义务以外，您还肩负着对祖先、同胞、子孙的义务。可是英采小姐却还没有尽到义务就想去死，那可是一种罪恶啊。"①

金秉旭的这段话不仅仅是对封建旧思想和旧道德的控诉，甚至是在进行关于女性社会地位的探讨。金秉旭的这番话不仅指出了社会生活中男女地位的不平等问题，更是强调了女性拥有自己独立自主地位的重要性。金秉旭不仅仅是一名接受过新式教育的新女性，她更开始结合自己的所知、所感来深入思考女性独立自主地位的问题。从这里可以看出，金秉旭已经完成了一类角色的转变，她不像其他受过新式

---

① 李光洙著，洪成一、杨磊、安太顺编译：《无情》，辽宁民族出版社 2007 年版，第 210、213 页。

教育的女性那样，仅仅丰富了自己的内心世界，她还通过自己所受的新式教育，通过自己对女性社会地位问题的看法，从一个接受新式教育的人转变成了传递新式教育和新式思想的传播者。

下火车后，金秉旭领着朴英采回到了自己家，在这里朴英采正式开始了自己的新生活。在朴英采的眼中，"秉旭是一个懂得数不清的奇怪知识和思想的人。所以不管秉旭开口说什么，她都用心去倾听和理解"①。而金秉旭也在朴英采的带动下开始学习东方传统知识。之前的金秉旭摈弃一切传统旧式的东西，但是在朴英采的影响下，她也逐渐体会到了东方思想的韵味。从这一点可以看出，金秉旭并不是顽固地一味批判旧式的东西，她也会通过学习传统东方思想中优秀的部分来帮助自己成长。金秉旭从未嫌弃过朴英采的学问不如自己，反而一直同她进行平等的交流，她更是在朴英采的影响下开始接受传统东方文化中值得学习的部分。金秉旭的内心是非常坦荡的，在她的眼中，世间一切万物都是平等的存在。

金秉旭的家庭并不像金秉旭自己那般开放，但是比起金善馨的家庭，金秉旭的家庭才是真正意义上的新式家庭。金秉旭的父亲虽然反对儿子自主创业，但是也没有进行过多的干涉；虽然父亲并不同意女儿去日本留学，但是在女儿走了之后，仍然不断关心女儿的衣食和健康。虽然说金秉旭的父亲同儿女间存在不少矛盾，但是作为父亲，他并没有采取极端的手段去干涉子女的生活，只是通过争吵的方式来表达自己的意见和不满。金秉旭对自己哥哥和嫂嫂间的问题是无可奈何的，对于两个人之间的貌合神离，金秉旭也只能怀着同情的心态来面

---

① 李光洙著，洪成一、杨磊、安太顺编译：《无情》，辽宁民族出版社 2007 年版，第 215 页。

对。当她知道哥哥和朴英采之间产生了爱情的感觉时，她衷心地为两个人感到高兴。虽然小说最后金秉旭的哥哥金秉国没有和朴英采在一起，而是同自己的妻子开始了幸福的生活，但是对于两人能主动为自己争取幸福的行为，金秉旭内心是支持的。但是金秉旭也认识到，这样的感情注定是没有结果的，所以她让金秉国把朴英采当妹妹来看，并且决定自己立刻带着朴英采去日本留学，接受新式教育。在金秉旭的心中，"……英采如果继续学习的话，一定可以做出非凡的成就"①。

> 母亲为即将远行的女儿准备了很多好吃的东西。亲自泡米做打糕，杀鸡……然后坐在一旁默默地看着女儿们吃东西。父亲也为了女儿买回来一扇牛排骨，秉国跑到城里买来了点心、桔子和汽水等食品饮料。②

从以上描写我们可以充分感觉到，金秉旭的家庭和金善馨的家庭是截然不同的。同金长老假新派真守旧的性格相比，金秉旭的父亲显然更加符合一位拥有新派思想的父亲的形象。同金善馨的母亲相比（金善馨的母亲甚至认为，新派婚姻就是男女双方坐在一起互相点头同意订婚就可以了），金秉旭的母亲也更加符合一个新派家庭女主人的形象，即使不能为儿女们传授新思想、新知识，也会同他们进行必要的沟通，并竭尽全力支持儿女们的决定。也正是这样的新式家庭氛围，才使金秉旭形成了敢爱敢恨的性格，才能为她在接受新式教育的同时能够对女性问题和新教育的问题进行深刻思考提供条件。

---

① 李光洙著，洪成一、杨磊、安太顺编译：《无情》，辽宁民族出版社 2007 年版，第 227 页。

② 李光洙著，洪成一、杨磊、安太顺编译：《无情》，辽宁民族出版社 2007 年版，第 229 页。

当在火车上知晓李亨植已经成为金善馨的未婚夫后，金秉旭表现出了轻蔑的态度，但是她并没有对李亨植破口大骂，而是采取观望的态度，暗自观察李亨植的为人。当金善馨同朴英采第一次见面时，金秉旭也在一旁默默地对两人进行观察。从这里可以知道，金秉旭是爱憎分明的，但她绝不是鲁莽行事的人，她善于思考问题，面对事情沉着处理，毫不慌张。

金秉旭同李亨植的第一次正式见面是在李亨植来包厢见朴英采的时候。此时朴英采的内心依然存有对李亨植的眷恋，金秉旭在一旁听到朴英采自责的话语时心中暗暗为她着急，担心她好不容易树立的信心又会被摧毁。当金秉旭面对李亨植时，她通过语言嘲弄了李亨植，表现出对李亨植行为的不满：

> "所以，我劝她，死，为什么要死啊？这么愉快的人生还嫌过得短呢，为什么想去死呢？还有，到现在为止你受到人们的嘲弄、虐待……"
>
> 她踌躇了一下，看了看亨植，然后微笑着说道：
>
> "而且也被一生思念仰慕的人所抛弃，但……"
>
> 这句话还没说完，亨植的心已好像针扎似的疼痛。
>
> 秉旭见亨植变了脸色，停顿了一下，说道：
>
> "到现在为止你的一生是泪水和怨恨的一生，可从今天开始，你的面前不是有了宽广而愉快的未来吗。我这么劝说着，强把她从车上拽了下来。"①

---

① 李光洙著，洪成一、杨磊、安太顺编译：《无情》，辽宁民族出版社 2007 年版，第 259、261 页。

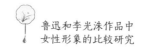

　　上面的话不仅是在嘲讽李亨植，也是再次提醒朴英采不要再为这个已经同另一个女人订婚的男人伤心。李亨植在听了这番话后只能叹气离开，而朴英采也在听了金秉旭的话后恍然大悟，再一次坚定了自己迈向新生活的信心和决心。在发生水灾的三浪津下车的时候，金秉旭没有让朴英采躲在自己背后，而是让她勇敢地面对李亨植和金善馨，让她勇敢地面对自己的过去，从而能重新开始自己的新生活。

　　当金秉旭面对惨烈的灾情，她心中迸发出无法抑制的激烈感情。她看到灾民的惨况时，决心尽绵薄之力。她主动向警察提出要举办免费的赈灾音乐会来为灾民们筹集资金，解决他们的燃眉之急。在灾情面前，金秉旭放下对李亨植的不满，主动和李亨植、金善馨一起为帮助灾民出力。回到几人下榻的旅馆后，李亨植由灾民的惨况联想到国民的生活状况，提出了用科学救国、用教育救民的想法。此时的金秉旭积极响应李亨植的发言，为金善馨和朴英采做出了正确的表率，加快了她们两人在思想上实现进步的节奏，为她们在成为新女性的路途中指引了方向，树立了信心，坚定了信念。在小说最后，金秉旭依然大放光彩，成为音乐界的佼佼者，并同金善馨和朴英采一起，踏上了回国的路程，用她们自己的力量来建设新的国家。

　　小说中的金秉旭是一个近乎完美的新女性形象。她不仅让朴英采脱离了悲惨的命运，更引导朴英采走上了成为新女性的道路。对于朴英采来说，金秉旭是她人生道路的引导者，她的几番发言让朴英采见识到了新女性的无穷智慧，从而跟随金秉旭的步伐毅然走上了成为新女性的道路。对于李亨植来说，金秉旭是严厉的，她毫不掩饰地表现出对自己的不满，但是在面对危难时，她是一个敢想敢做的人，无私地为灾民贡献出自己的力量；在对教育问题的思考上，她同自己有着非同一般的默契。对于金善馨来说，金秉旭是充满智慧的引路人，让自己也认清了未来生活的方向。

不过，相较于朴英采和金善馨，金秉旭这个形象略显单薄。小说中，金秉旭一出现就已经是一位相当成熟的新女性，她拥有独立的性格，有自己的智慧、自己的见解，同金善馨相比，她是一个真正的新女性。李光洙并没有写出金秉旭成为新女性的过程，而是让她直接成为朴英采的引导者，让朴英采在她的直接影响下改变过去对人生、对生活的悲观看法，让朴英采重新建立起对生活的自信，从而走上成为新女性的光明大道。金秉旭的几番言论让读者感受到她的睿智，见识到一个善于思考、善于突破的新女性形象。金秉旭作为新女性的代表，在小说中的形象是不饱满的。小说中的金秉旭几乎是完美的代表，比起朴英采和金善馨，金秉旭给读者留下印象的并不是她的生活际遇，而是她对封建礼教中三从四德的批判和她对女性社会地位的看法。金秉旭的两段发言几乎成为她的标志，这两段发言不仅让人们意识到封建制度对女性的压迫，更促使人们开始正式思考女性在社会中的地位问题。

在小说中，金秉旭充当了朴英采的引导者，帮助她获得新生，而在现实世界中，金秉旭是作者李光洙的代表，代表李光洙对女性问题发表思考和看法。尤其在金秉旭关于女性社会地位问题的发言中，她甚至还提到了女性这个群体应该享有的各种权利是作为人的权利。在李光洙的思想意识中，女性从来不是男性的附属品，是作为与男性有着同等社会权利的群体而存在的。封建礼教中的三从四德从根本上剥夺了女性的权利，让女性丧失了话语权，也让女性沦落到社会的底层，

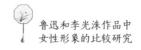
成为有苦不能言的悲惨存在。

　　金秉旭这个形象象征了朝鲜日据时期的知识分子对女性问题的思考，让青年知识分子意识到了一个非常重要的问题，那就是在揭示女性问题的同时，必须要找到解决问题的办法，更要从社会意识的根本上来思考和解决女性问题，让女性从身体到精神都能获得真正的解放。

三、 鲁迅小说中的女性形象

　　本部分将结合鲁迅的四篇小说作品中的描写，对其中的女性形象进行分析，揭示封建道德礼教将这些女性推向死亡的过程，探讨这些女性形象在历史进程中的社会意义。

　　鲁迅生活的时代是中华民族灾难深重、面临生死存亡威胁的半殖民地半封建社会。1911 年辛亥革命爆发，中国结束了长达几千年的封建王朝统治，辛亥革命虽然推翻了清王朝的统治，但由于封建思想根深蒂固，再加上西方帝国主义的侵略，中华民族仍处于水深火热之中。因为辛亥革命的不彻底，中国人民的生活依然艰苦。1919 年爆发的五四运动在反对封建制度的同时提出了反对帝国主义的口号，推动了中国民主主义革命的发展。但由于几千年封建统治制度的影响，当时的中国社会仍然处于封建思想道德的控制之下，人民的生活依旧困苦，再加上西方帝国主义的压迫，人民的生活更加苦不堪言。

　　当时，中国许多知识分子都以吸收西方先进文化思想、反抗帝国主义侵略斗争为题材进行创作，鲁迅则把文学创作的重心放在反映封

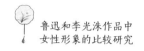
建思想对人民造成的痛苦上。虽然经历了辛亥革命，经历了五四运动，但中国大部分人的生活依然没有发生太大变化，究其原因就是因为传统的封建思想对社会的影响实在太深，以至于辛亥革命和五四运动的冲击仍无法撼动封建思想在人们思想意识中牢牢占据的至高地位。尤其是在中国广大农村地区，封建思想更加根深蒂固。鲁迅从小生活在农村，对农村生活甚是了解，他亲眼见到封建礼教如何把人一步步逼向死亡，这也加深了他对封建礼教的憎恶和怨恨。从日本留学回国之后，鲁迅看到的是即使经历了民主革命和进步运动却依然在封建礼教和帝国主义双重压迫下艰难求生的中国人民，于是在 1918 年，鲁迅怀着悲愤的心情开启了自己的创作生涯，为中国底层劳动人民呐喊出自己的声音。

中国长期的男权社会对女性的压迫牢不可破。在中国几千年男权统治下，女性意识被男性意识所取代，就连女性的性别角色特征也为以男权为中心的社会法则所规定。女性的美、善、丑、恶都是以男性的尺度和标准来定义和衡量，而且这种以男权为中心形成的封建传统旧道德和旧思想在社会长期发展的过程中不仅没有消失，反而发展成全社会最普遍的文化心理，其造成的影响甚至长达数千年。

中国女性解放思想大致可追溯至 1898 年的戊戌变法。随着 19 世纪末西学东渐，以"男女平等"为核心内容的女性主义传入中国。五四时期，在民主和科学的理念下，反抗男权压迫、追求妇女解放成为反抗传统封建旧思想、旧道德的主要内容之一。1914 年，易卜生的名作《玩偶之家》经翻译进入中国文坛，进入当时中国广大进步知识青年的视野中，并迅速在国内掀起了对女性问题的思考和反思的热潮。鲁迅作为中国现代文学的旗手，对当时中国女性问题的思考和讨论处于社会的最前沿。当时的中国妇女解放运动只停留在表面的"口号式"解放层面，始终未涉及具体的实践操作层面。终其一生的创作生涯中，鲁迅一直在通过自己的作品思考和寻找女性解放的出路。鲁迅在小说集《呐喊》和《彷徨》中写下了为数不多的以女性为主要角色的作品，并且在这些作品中深刻地表达了自己关于女性问题的思考和态度，并试图通过作品来寻求女性获得最终解放的出路。

中国素来就有男尊女卑、夫为妻纲的传统观念。在社会生活中，女性一贯被置于从属、卑下的地位。封建传统旧道德和旧思想为女性设置了许多所谓的道德规范来束缚她们的思想和行为，并在长期的历史演化过程中把这些所谓的道德规范嵌入她们的意识中，让她们形成对这种封建思想的无条件认同，从而抹杀其独立思考的意志和能力。鲁迅的三篇小说《明天》《祝福》和《离婚》正是从这个角度来进行创作的。作者以独特的男性视角来关注女性的命运，关注女性自我认知、自我革新的艰难，并站在社会文化和道德伦理的角度分析女性悲剧命运形成的历史原因。从这三篇小说中鲁迅对这些女性的描写可以看到他在各个历史阶段对女性悲剧的独立思考和深刻观察。而另一篇小说《伤逝》是鲁迅唯一以爱情为主题的作品，是他小说作品中较为特别的存在。作品将主人公的爱情置于异常强大的经济压力下，让理想在现实面前迅速崩溃。《伤逝》这篇小说的创作目的不是单纯地对易卜生式戏剧进行效仿，也不仅仅是像前面三篇作品一样揭示女性被压迫的思想根源，而是鲁迅开始寻求和探讨最终实现女性解放的出路，揭示女性意识的觉醒以及在女性解放过程中经济所起到的关键作用。

长久以来，封建传统旧道德和旧思想约束下的女性始终生活在封建社会的最底层，她们被神权、政权、族权、父权和夫权紧紧束缚着，

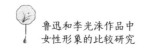

她们要严格恪守封建礼教的标准。这些在封建礼教压迫下生活的女性是勤劳而善良的，但却一直悲惨地活着、悲惨地死去。这些女性的遭遇深刻地展现了女性被封建礼教迫害的过程，她们的血和泪映照出她们所遭受的屈辱和被旧道德、旧思想践踏的艰难。

《明天》《祝福》《离婚》和《伤逝》这四篇作品是能反映鲁迅的女性观的代表性作品。在作品中，通过对人物的悲惨遭遇和人物周边社会大环境的描写，鲁迅表达了自己对压迫女性的封建旧思想道德的控诉和自己努力寻求女性解放道路的决心。

1. 顺从的女性

鲁迅在《明天》和《祝福》中所刻画的女性形象是当时中国社会中最具有代表性的女性形象。小说中的女性身处封建道德文化和自身经济状况的双重压迫，要么被迫顺从于现实生活，要么只能采取些微不足道的抵抗来寻求一定的心理安慰，但无论是哪一种，这些女性的结局注定都是悲哀的。中国封建思想有十分漫长的存在历史，它与封建专制结合在一起，造成长期对女性的压迫。在相当长的时间里，中国的女性是没有权利自由主宰自己的命运的。从社会到家庭再到个人，从精神到物质，她们被剥夺了本应属于她们的许多权利，丧失了独立性，成为男性的附庸。小说中的单四嫂子和祥林嫂就是这类悲惨女性的代表，她们长期受到封建旧思想和旧道德的无情压迫，长期被社会的种种顽固偏见压迫。在封建旧道德制度和旧社会文化思想的双重压迫下，生活的艰难让她们长期处于贫困和饥饿的状态，然而造成她们悲剧的根本原因是她们自身的盲目和思想上的顺从。在逆境下生活的女性不仅没有为自己的生命和未来奋斗，反而让封建道德礼教在她们身上任意践踏,直到最后连做人的权利也丧失殆尽,最终只能走向死亡。

《明天》是鲁迅以女性为主要描写对象的作品之一。主人公单四嫂子是鲁迅在小说中塑造的第一个女性悲剧形象。小说描写的是一个在孩子死去后失去所有生活希望的母亲的故事:家住鲁镇的单四嫂子为人勤劳善良。她两年前不幸死了丈夫,因为遵循封建旧道德、旧思想中从一而终的观念而始终没有改嫁。为了养活自己和独生子宝儿,她每天辛勤劳作,纺纱赚钱。她的人生已没有其他的任何需求,心中只有她唯一的儿子宝儿,但厄运依然降临在她身上——宝儿生病了。为治好儿子的病,单四嫂子想尽了一切办法,求神许愿、吃单方,但宝儿的病情依然不见好转,于是她只能又抱着侥幸心理将全部希望寄托在庸医小神仙的身上,但宝儿最终还是死了。宝儿死后,单四嫂子花光自己所有的积蓄为宝儿举办了葬礼,只祈盼能在梦中同自己的宝儿见面,一个人默默地等待毫无希望的明天。

小说一开始的场景是在咸亨酒馆。通过红鼻子老拱和蓝皮阿五这两个人物的对话("没有声音,——小东西怎了?""你……你你又在想心思……。"①)读者可以知道两件事情:一件是有孩子生了重病,一件就是镇上的人对年轻守寡的单四嫂子常怀有觊觎之心。

> 原来鲁镇是僻静地方,还有些古风:不上一更,大家便都关门睡觉。深更半夜没有睡的只有两家:一家是咸亨酒店,几个酒肉朋友围着柜台,吃喝得正高兴;一家便是间壁的单四嫂子,他自从前年守了寡,便须专靠着自己的一双手纺出

---

①《鲁迅全集》修订编辑委员会:《鲁迅全集》(第一卷),人民文学出版社 2005 年版,第 473 页。

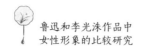

棉纱来，养活他自己和他三岁的儿子，所以睡的也迟。①

从引文中对环境的描写可以看出，单四嫂子所生活的地方是一个封建闭塞的农村。在这样的环境衬托下，单四嫂子的悲惨遭遇也变得更加"合乎情理"。在旧时农村，家家户户都睡得很早，只有镇上的酒馆营业到深夜是常事，但是单四嫂子直到深夜还在辛勤工作表明了单四嫂子经济窘迫、生计艰辛的困境。

小说中登场的单四嫂子并没有像往常一样纺纱，而是抱着生病的儿子坐在床沿。"单四嫂子心里计算：神签也求过了，愿心也许过了，单方也吃过了，要是还不见效，怎么好？——那只有去诊何小仙了。"②在单四嫂子心里，此生唯一还剩下的希望就是儿子宝儿。宝儿生病让她的心情无比烦闷，甚至停下赖以生计的纺纱工作。通过小说的叙述我们可以知道，单四嫂子在宝儿生病后采取了各种办法来医治他，但是都收效甚微，最后她只能寄希望于所谓的"大仙"。单四嫂子是封建社会农村妇女的典型代表，虽然性格良善，但是头脑中的封建旧思想始终主导着她的意志。宝儿生病后她虽然采取了各种方式方法来救治宝儿，但大多数方式方法都来源于各种封建迷信。当读者们看到这里时已然知晓，通过那些封建迷信方式是根本无法达到治愈宝儿的目的的，宝儿的痊愈几乎已经是不可能的事了。在单四嫂子把自己所知晓的方法都用尽之后，她只能把所有的希望都寄托在"何小仙"身上，这一选择无疑把宝儿推向了死亡的结局，也注定了单四嫂子这个人物

---

① 《鲁迅全集》修订编辑委员会：《鲁迅全集》（第一卷），人民文学出版社 2005 年版，第 473 页。
② 《鲁迅全集》修订编辑委员会：《鲁迅全集》（第一卷），人民文学出版社 2005 年版，第 473、474 页。

最终的悲剧。

为了挽救宝儿的性命，单四嫂子拿出了家里平时节省下来的积蓄，抱着宝儿去找何小仙。

> 天气还早，何家已经坐着四个病人了。他摸出四角银元，买了号签，第五个便轮到宝儿。何小仙伸开两个指头按脉，指甲足有四寸多长，单四嫂子暗地纳罕，心里计算：宝儿该有活命了。但总免不了着急，忍不住要问，便局局促促的说：
>
> "先生，——我家的宝儿什么病呀？"
>
> "他中焦塞着。"
>
> "不妨事么？他……"
>
> "先去吃两帖。"
>
> "他喘不过气来，鼻翅子都扇着呢。"
>
> "这是火克金……"
>
> 何小仙说了半句话，便闭上眼睛；单四嫂子也不好意思再问。[①]

引文中那看似可笑的看病过程却是单四嫂子和独生子宝儿最后的希望。从单四嫂子的心理活动和行为举止可以知晓，她始终坚信"何小仙"可以治愈一切病痛。先不讨论何小仙究竟有没有能力医治宝儿的疾病，光是从看病过程中单四嫂子对何小仙那种毕恭毕敬的态度就能看出她的愚昧和盲目。但是单四嫂子万万想不到的是，正是自己的愚昧和盲目才让她害死了自己的独生子。其实从鲁迅在叙述过程中对

---

①《鲁迅全集》修订编辑委员会：《鲁迅全集》（第一卷），人民文学出版社 2005 年版，第 474、475 页。

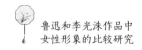

宝儿的描写（"——看见宝儿的鼻翼，已经一放一收的扇动。"① "宝儿忽然擎起小手来，用力拔他散乱着的一绺头发，这是从来没有的举动，单四嫂子怕得发怔。"②）可以知道，宝儿已经病入膏肓，单四嫂子的悲剧已成定局。

在去向何小仙求医之后，单四嫂子抱着宝儿回家。路途中，单四嫂子一边带着好不容易得来的"灵药"，一边抱着因病痛而苦苦挣扎的儿子，终于支撑不住，坐在别人家门槛上休息。此时，单四嫂子遇上了一直对她有"心思"的蓝皮阿五。

> 单四嫂子在这时候，虽然很希望降下一员天将，助他一臂之力，却不愿是阿五。但阿五有些侠气，无论如何，总是偏要帮忙，所以推让了一会，终于得了许可了。他便伸开臂膊，从单四嫂子的乳房和孩子之间，直伸下去，抱去了孩子。单四嫂子便觉乳房上发了一条热，刹时间直热到脸上和耳根。③

单四嫂子是一个寡妇，在如此绝望的情况下她依然幻想着有个男人可以帮助她，让她依靠。但是封建旧道德、旧礼教无时无刻不在束缚着她，让她必须为自己死去的丈夫守节，必须独自一人承担生活施加给她的各种压力。此刻同单四嫂子相遇的蓝皮阿五虽然也是一个男人，却是她不愿意依靠的人，因为单四嫂子和蓝皮阿五同为一个镇上的人，对蓝皮阿五的为人比较了解。但是单四嫂子实在太累了，不得

---

① 《鲁迅全集》修订编辑委员会：《鲁迅全集》（第一卷），人民文学出版社 2005 年版，第 474 页。
② 《鲁迅全集》修订编辑委员会：《鲁迅全集》（第一卷），人民文学出版社 2005 年版，第 475 页。
③ 《鲁迅全集》修订编辑委员会：《鲁迅全集》（第一卷），人民文学出版社 2005 年版，第 475 页。

已也只能让蓝皮阿五来帮忙。但就是这样一个男人，在单四嫂子如此艰难痛苦的情况下，也只是在觊觎单四嫂子的身体，占她的便宜而已。单四嫂子作为一个寡妇，除了感到脸红耳热、无比羞愧之外，也只好默默地隐忍而丝毫不敢对外声张。

到了自己家门口，单四嫂子看见了王九妈。面对儿子宝儿的病，单四嫂子实在是没有任何办法可以想、可以用了，她向年纪较长的王九妈求教，指望"有年纪，见的多"的王九妈能为自己提供一点帮助，"——王九妈，你有年纪，见的多，不如请你老法眼看一看，怎样……"[1]。但事实上王九妈也是什么都不知道，只是在装腔作势而已。单四嫂子回家后就让宝儿服下了从何小仙那里求来的"灵药"，吃了药不久，宝儿就死了。对于单四嫂子来说，儿子生命的终结，也就意味着她的生活和她的未来也到此为止了。

> 宝儿的呼吸从平稳变到没有，单四嫂子的声音也就从呜咽变成号啕。这时聚集了几堆人：门内是王九妈蓝皮阿五之类，门外是咸亨的掌柜和红鼻子老拱之类。王九妈便发命令，烧了一串纸钱；又将两条板凳和五件衣服作抵，替单四嫂子借了两块洋钱，给帮忙的人备饭。[2]

引文中出现的这些人都是单四嫂子的邻居。他们中有的在帮宝儿处理后事，有的只是纯粹地在看热闹。透过小说的叙述，笔者可以做一个大致的推测，那就是在宝儿生病时，这些邻居中没有人为处境艰

---

① 《鲁迅全集》修订编辑委员会：《鲁迅全集》(第一卷)，人民文学出版社 2005 年版，第 476 页。

② 《鲁迅全集》修订编辑委员会：《鲁迅全集》(第一卷)，人民文学出版社 2005 年版，第 476 页。

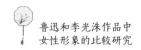

难的单四嫂子和宝儿提供过任何有用的帮助。宝儿死后，他们不但没有发自内心地安慰单四嫂子，反而十分积极地参与到宝儿的葬礼中，像是做游戏一般开始了另一场闹剧。在旧时的观念中，葬礼上帮忙的人都会得到丧主家饭食招待。此时此刻来葬礼上帮忙的那些人究竟是出于同情还是仅仅为了一餐饭，那就不得而知了。

宝儿死后，单四嫂子突遭大变，在巨大的悲伤中，其精神也逐渐变得脆弱不堪。在邻里们的帮助下，宝儿的葬礼被"有声有色"地操办了起来。单四嫂子拿出自己仅有的首饰交给了咸亨酒馆的掌柜，请他去为宝儿订购一副棺木。

> 这时候，单四嫂子坐在床沿上哭着，宝儿在床上躺着，纺车静静的在地上立着。许多工夫，单四嫂子的眼泪宣告完结了，眼睛张得很大，看看四面的情形，觉得奇怪：所有的都是不会有的事。他心里计算：不过是梦罢了，这些事都是梦。明天醒过来，自己好好的睡在床上，宝儿也好好的睡在自己身边。他也醒过来，叫一声"妈"，生龙活虎似的跳去玩了。①

宝儿离开的第一夜，那些"热心帮忙"的邻居们竟然没有一个人留在单四嫂子身边安慰她。单四嫂子一个人孤零零地面对儿子的尸体，面对家里的四面墙。此刻的她内心怀着巨大的悲痛，所有的悲苦和伤心没有可以倾述的对象。从宝儿生病开始她一直都在勉力支撑，但此时的她却再也承受不住了，她只能把希望寄托于幻想，希望自己身上所发生的一切痛苦都只是梦境而已，希望儿子仍然活蹦乱跳地待在自

---

① 《鲁迅全集》修订编辑委员会：《鲁迅全集》（第一卷），人民文学出版社 2005 年版，第 477 页。

己身边。单四嫂子独自一人承受着巨大的悲痛,身边没有人安慰她,也没有人开导她,她的痛苦亦无法向别人诉说,除了彻夜不眠地独自沉浸在虚无的幻想中外,她已经无计可施了。

> 下半天,棺木才合上盖:因为单四嫂子哭一回,看一回,总不肯死心塌地的盖上;幸亏王九妈等得不耐烦,气愤愤的跑上前,一把拖开他,才七手八脚的盖上了。

> 但单四嫂子待他的宝儿,实在已经尽了心,再没有什么缺陷。昨天烧过一串纸钱,上午又烧了四十九卷《大悲咒》;收敛的时候,给他穿上顶新的衣裳,平日喜欢的玩意儿,——一个泥人,两个小木碗,两个玻璃瓶,——都放在枕头旁边。后来王九妈掐着指头仔细推敲,也终于想不出一些什么缺陷。①

独生子宝儿的死亡给单四嫂子内心造成的悲痛是巨大的,她始终无法接受宝儿的死亡,但是在装着宝儿尸体的棺木面前却不得不接受宝儿已经死亡的现实。宝儿出殡时那些"热心"邻居们的表现更加令人发指,这些"看客们"不仅没有对宝儿的死亡和单四嫂子痛苦的遭遇表达出丝毫的同情,反而为了尽快结束宝儿的丧事而阻止单四嫂子表达自己内心的悲痛。邻居们还"热心地帮助"单四嫂子细想宝儿的陪葬品,好以此表现单四嫂子对宝儿最后的心意,表达单四嫂子确确实实对宝儿这个儿子已经"尽了心","没有什么缺陷"。在宝儿的葬礼上,单四嫂子没有反抗邻居们阻止自己表达哀痛的行为,反而默默地顺从了邻居的一切安排。

---

① 《鲁迅全集》修订编辑委员会:《鲁迅全集》(第一卷),人民文学出版社 2005 年版,第 477、478 页。

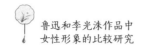
在众多邻居看客们都回家之后，单四嫂子再次孤零零地面对家里
光秃秃的四面墙壁。

> ……他越想越奇，又感到一件异样的事——这屋子忽然
> 太静了。
>
> 他站起身，点上灯火，屋子越显得静。他昏昏的走去关
> 上门，回来坐在床沿上，纺车静静的立在地上。他定一定神，
> 四面一看，更觉得坐立不得，屋子不但太静，而且也太大了，
> 东西也太空了。太大的屋子四面包围着他，太空的东西四面
> 压着他，叫他喘气不得。
>
> 他现在知道他的宝儿确乎死了；不愿意见这屋子，吹熄
> 了灯，躺着。他一面哭，一面想：想那时候，自己纺着棉纱，
> 宝儿坐在身边吃茴香豆，睁着一双小黑眼睛想了一刻，便说，
> "妈！爹卖馄饨，我大了也卖馄饨，卖许多许多钱，——我都
> 给你。"那时候，真是连纺出的棉纱，也仿佛寸寸都有意思，
> 寸寸都活着。但现在怎么了？现在的事，单四嫂子却实在没
> 有想到什么。——我早经说过：他是粗笨女人。他能想出什
> 么呢？他单觉得这屋子太静，太大，太空罢了。[①]

作者一再反复描写屋子的空旷是为了表现此时此刻单四嫂子因为
失去儿子而变得更加孤独空虚的灵魂和围绕在她四周的那种冷漠麻木
的社会环境。宝儿出事之后，"热心"的邻居们不但没有给予任何实质
上的安慰和帮助，反而让单四嫂子真正成为一无所有的人。之前为宝

---

① 《鲁迅全集》修订编辑委员会：《鲁迅全集》（第一卷），人民文学出版社 2005 年
版，第 478、479 页。

儿四处看病和后来宝儿的葬礼令单四嫂子花光了平时节俭攒下的所有积蓄。此时的单四嫂子除了空落落的屋子之外，已经变得一无所有。对于这样凄惨和不公的命运，她不但没有选择顽强抵抗，反而选择了默默地顺从，还把所有的希望寄托在幻想上，期盼着在梦境里还可以同儿子再次相见，祈求"明天"到来之后一切悲伤和痛苦都会过去，"明天"也会变得好起来。

单四嫂子这一形象完全是旧中国封建社会农村妇女的真实写照，这些深受封建旧道德、旧思想束缚的妇女们在面对封建礼教时不敢有丝毫的反抗，在自己的丈夫不幸亡故后，也只能苦苦地压抑内心深处的本能欲望，孤独地抚养同丈夫留下的孩子，通过辛苦的工作来获得微薄的收入用以维持家计。但单四嫂子年纪轻轻就守寡，使得镇上兴起了风言风语，她的身体成为镇上男人们觊觎和调戏的对象。小说的开篇和结尾所描写的场景都是咸亨酒馆，酒馆里的人也都是红鼻子老拱和蓝皮阿五。这两个人物在开篇和结尾，都在深夜的那间酒馆里对隔壁间单四嫂子的身体展开男人的幻想。

> 单四嫂子终于朦朦胧胧的走入睡乡，全屋子都很静。这时红鼻子老拱的小曲，也早经唱完；跄跄踉踉出了咸亨，却又提尖了喉咙，唱道：
>
> "我的冤家呀！——可怜你，——孤另另的……"
>
> 蓝皮阿五便伸手揪住了老拱的肩头，两个人七歪八斜的笑着挤着走去。[1]

---

[1]《鲁迅全集》修订编辑委员会：《鲁迅全集》（第一卷），人民文学出版社 2005 年版，第 479 页。

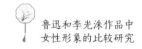
　　年轻寡妇的身体成为"老拱们"宣泄欲望的对象，在封建礼教的约束下，他们不敢正大光明地对单四嫂子进行骚扰，只能通过淫荡的戏词和两人间的嬉笑来表达内心最真实的想法。小说中，蓝皮阿五在帮助单四嫂子抱宝儿时对单四嫂子做出了类似调戏骚扰的举动，但是单四嫂子除了脸热得通红之外并没有采取任何反抗，而是一声不吭地继续抱着儿子默默地回家。从这里笔者可以进行一个推测，那就是单四嫂子的丈夫虽然已经故去，但作为一个健康正常的女性，她的内心依然拥有最本能的欲望，可是她的本能欲望遭到了封建旧道德、旧思想的强烈抑制，她也只能把内心和身体的欲望牢牢压抑在自己的精神世界里。其实单四嫂子的内心也非常渴望能有一个真正的男人来照顾她，而不是像红鼻子老拱和蓝皮阿五那样游手好闲、只是觊觎她身体的人。那个单四嫂子内心幻想的男人能帮助她分担生活的压力，能帮助她照顾儿子宝儿，能让她死水般的生活重新焕发活力。但单四嫂子头脑中根深蒂固的封建思想让她不得不苦苦压抑自己的本能欲望和需求，默默地承受无情的生活带给她的所有泪水和痛苦。

　　小说中单四嫂子这样的女性是深受封建旧道德和旧思想迫害的悲惨女性。依照封建传统旧道德和旧思想，妻子在丈夫死后理应从一而终，为丈夫守寡直到生命终结。成为寡妇的妇女们只能苦苦压抑内心的本能欲望，独自背负家庭和经济的双重重担，在冰冷麻木的旧社会中寻求生活的道路。对于在丈夫生前就已生育了子女的这类女性来说，丈夫留下的子女就是这些寡妇们生活中唯一的希望，所以无论生活再怎么艰难，她们都会尽量满足子女的需要（在艰难的经济条件下，单四嫂子仍然满足宝儿的各种需要，为他准备各种玩具，虽然这些玩具很不起眼，却是单四嫂子在极为有限的条件下所能提供的最好的东西了。宝儿死后，单四嫂子用这些玩具和新衣为宝儿陪葬）。生活在旧中国的单四嫂子这样的女性勤劳善良，虽然只能依靠自己微弱的力量来赚取微薄的报酬，但她们始终在夜以继日地努力工作（单四嫂子深夜还在纺棉纱），并全心全意地照顾子女。孩子生了重病，作为母亲的单四嫂子不是去采取正确的医疗手段，而是相信求签、问卦或者迷信的奇迹，以致最后耽误了儿子宝贵的治疗时间，间接地枉送了孩子的性命。但正因为她们对孩子的爱是真诚的、发自内心的，所以她们的愚昧才更加让读者感到震惊和痛惜。

在小说的最后，单四嫂子流尽了所有的眼泪睡着了，但是悲惨的明天依然会到来。对于单四嫂子这样的女性来说，"明天"只能代表人生无穷悲剧的开始。为了治疗宝儿的病和为宝儿举行葬礼，单四嫂子花光了自己所有的积蓄，"明天"的她不得不为了活下去而继续废寝忘食地工作。失去了孩子，单四嫂子内心的空旷和孤寂只会变本加厉地折磨她，在隔壁咸亨酒馆里喝酒的那群男人也依旧会用语言骚扰和调戏她，甚至还有可能像蓝皮阿五一样在大家看不到的地方对她的身体进行猥亵。面对种种困难情况，她不会主动反抗，也不会主动寻求帮助（或者说根本也不会有人来帮助她），她只能继续保持沉默，默默地承受生活带给她的一切苦痛。等待单四嫂子的，始终只能是没有未来的明天，虽然她活着，但灵魂却已经随着她生命中最后的希望——她的儿子，死去了。

小说《祝福》中的主人公祥林嫂是鲁迅作品中最具有悲剧色彩的人物之一，她勤劳、善良、质朴，但生活在旧时代的她非但不能享有作为人的基本权利，反而成为一个受迫害、歧视，最终被封建礼教和迷信吞噬的悲惨人物。祥林嫂是一个受尽封建礼教压榨的贫穷农村女性，丈夫死后，狠心自私的婆婆为了给自己的小儿子筹集聘礼，硬要将她卖给另一户人家。无奈之下，祥林嫂不得不出逃到鲁镇鲁四老爷家做帮佣。虽然祥林嫂在鲁四老爷家只是一个佣人，但是勤劳的她很快从工作中获得了满足，内心燃起了对未来生活的美好憧憬。但旧时代的封建顽固思想没有给予祥林嫂半点开始新生活的机会，很快她又被婆家强行带走，并卖到贺家逼她改嫁。贺老六是一个淳朴忠厚的农民，很快祥林嫂和他就有了儿子阿毛。祥林嫂本以为这次自己终于过上了安稳日子，然而命运多舛，贺老六因为伤寒病死去，不久之后，儿子阿毛又被狼吃掉。经受了双重打击的祥林嫂丧魂落魄地回到了鲁镇，想要继续在鲁四老爷家当佣人以维持生计。可是鲁镇的人们却纷纷谴责她改嫁"有罪"，认为改嫁的祥林嫂是"罪人"。鲁镇的柳妈劝祥林嫂去土地庙捐门槛"赎罪"，不然到了"阴间"还要继续受苦。祥林嫂千辛万苦地攒了钱捐了门槛后，依然摆脱不了人们的歧视。最后，她只能沿街乞讨凄惨度日，在除夕的鞭炮声中惨死于鲁镇的街头。

祥林嫂这一人物形象是旧中国贫苦农村妇女高度典型化的代表，她的悲剧揭示了封建礼教的族权、夫权、神权和政权对劳动女性的束缚和迫害。在传统礼教观念主导的社会制度下，祥林嫂自身的愚昧和盲目以及周围人的歧视和冷漠是造成这一人物悲剧命运的根本原因。

小说一开始作者就向读者说明了故事的社会背景和故事发生的时间地点。小说中的鲁镇，由于封建思想文化的影响，每家每户都在为祝福准备着、忙碌着，祝福是一年中的头等大事。

　　……这是鲁镇年终的大典，致敬尽礼，迎接福神，拜求
　　来年一年中的好运气的。杀鸡，宰鹅，买猪肉，用心细细的

洗，女人的臂膊都在水里浸得通红，有的还带着绞丝银镯子。煮熟之后，横七竖八的插些筷子在这类东西上，可就称为"福礼"了，五更天陈列起来，并且点上香烛，恭请福神们来享用；拜的却只限于男人，拜完自然仍然是放爆竹。……①

从上文可以看出，旧式封建传统思想在鲁镇是一种至高无上的存在，对于神明的无限崇敬让鲁镇人民执着地沿袭旧习，一丝不苟地准备和进行"祝福"的仪式。在准备"祝福"的过程中，最忙碌的显然是家家户户的女性，她们早早地起床工作直到晚上，最后还是因为旧时封建礼教的束缚无法参与家庭的"祝福"祭拜。然而她们丝毫不会反抗，只在一切准备工作就绪后默默地退居幕后，让家族里的男性来完成整个"祝福"祭拜的过程。

通过小说的叙述可知，故事发生在辛亥革命之后。经历了辛亥革命，在中国延续了几千年的封建王朝被推翻，中国大地受到了西方进步思想的洗礼。但进步思想造成的影响也只限于当时中国几个较大的城市，而旧时的封建道德礼教在当时中国的大部分地区尤其是在广大的农村依然占据着至高无上的统治地位。在这样一种畸形的社会环境中，祥林嫂的悲剧无可避免。小说中的"我"是祥林嫂故事的叙述者。很明显，"我"是一名接受过新式教育的年轻知识分子。因为过年，"我"回到了故乡鲁镇，并且在这里再次见到了祥林嫂。

……五年前的花白的头发，即今已经全白，全不像四十上下的人；脸上瘦削不堪，黄中带黑，而且消尽了先前悲哀

---

① 《鲁迅全集》修订编辑委员会：《鲁迅全集》（第二卷），人民文学出版社 2005 年版，第 5、6 页。

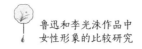
的神色，仿佛是木刻似的；只有那眼珠间或一轮，还可以表
示她是一个活物。她一手提着竹篮，内中一个破碗，空的；
一手拄着一支比她更长的竹竿，下端开了裂；她分明已经纯
乎是一个乞丐了。①

此时的祥林嫂已经没有人的模样了。生活上，经济的拮据迫使她
沦为乞丐；精神上，因为镇上人的歧视和折磨，她已经濒临崩溃。在
见到"我"之后，祥林嫂知道"我"是读过书的，所以向"我"询问
人究竟有没有灵魂、有没有地狱的问题。而"我"在祥林嫂殷切等待
答复的期盼中，只能回答"说不清"。当晚，祥林嫂就死了。当"我"
想要详细询问关于祥林嫂的事情时，在临近"祝福"不能提起死亡疾
病一类的规矩下也只能作罢。而"我"也从这里正式回忆起关于祥林
嫂的故事。

小说的描写进行到这里已经清楚地向读者告知了祥林嫂的悲剧结
局，那就是她在寒冷的除夕夜里孤独地死去。而造成这种悲剧的，正
是中国封建礼教下的族权、夫权、神权和政权思想。这四权是封建制
度下女性悲剧命运的社会根源和思想根源。祥林嫂正是在这四权的共
同压迫下丧失了作为人的权利，最终只能默默地走向死亡的结局。小
说通过"我"的回忆讲述了祥林嫂的悲剧，以下将结合小说中"我"关
于祥林嫂的回忆来进一步探讨四权是怎样一步步将她推向灭亡过程的。

四权中的族权不允许祥林嫂守节。祥林嫂的前夫比祥林嫂小十岁，
丈夫死后，祥林嫂不愿意听从婆婆的指示另嫁他人，只好独自逃到鲁

---

①《鲁迅全集》修订编辑委员会：《鲁迅全集》（第二卷），人民文学出版社 2005 年
版，第 6 页。

镇，打算靠自己的双手养活自己。此时的祥林嫂所抱有的全部希望和渴望就是用自己的辛勤劳动来换取生存和生活的权利。

> 她不是鲁镇人。有一年的冬初，四叔家里要换女工，做中人的卫老婆子带她进来了，头上扎着白头绳，乌裙，蓝夹袄，月白背心，年纪大约二十六七，脸色青黄，但两颊却还是红的。卫老婆子叫她祥林嫂，说是自己母家的邻舍，死了当家人，所以出来做工了。①

以上引文是祥林嫂第一次出现在鲁镇时候作者对她所做的外貌描写。通过描写可以知道，此时的祥林嫂虽然已经失去了丈夫，但是整体的精神面貌还是不错的。虽然祥林嫂在逃出婆家的时候受了苦导致脸色不好，但总体上仍然是健康的。因为对未来的生活抱着殷切的希望，祥林嫂此刻面颊红润，显示出她本人的精神状态非常好。在鲁家工作了不到半年，祥林嫂也发生了改变。

> 日子很快的过去了，她的做工却毫没有懈，食物不论，力气是不惜的。人们都说鲁四老爷家里雇着了女工，实在比勤快的男人还勤快。到年底，扫尘，洗地，杀鸡，宰鹅，彻夜的煮福礼，全是一人担当，竟没有添短工。然而她反满足，口角边渐渐的有了笑影，脸上也白胖了。②

当祥林嫂在鲁家帮佣做工的时候，她丝毫不敢懈怠，勤勤恳恳地

---

① 《鲁迅全集》修订编辑委员会：《鲁迅全集》(第二卷)，人民文学出版社 2005 年版，第 10 页。

② 《鲁迅全集》修订编辑委员会：《鲁迅全集》(第二卷)，人民文学出版社 2005 年版，第 11 页。

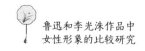
工作，"实在比勤快的男人还勤快"①。因为祥林嫂的踏实肯干，鲁家把她当作男人一样使唤，甚至不会主动再另找一个人来分担祥林嫂繁重的工作。此时此刻的祥林嫂丝毫不认为鲁家是在榨取她的劳动力，反而觉得无比满足和自豪。但是，无处不在的族权的代表——祥林嫂的婆婆终究还是找到了她。

> ……待到祥林嫂出来淘米，刚刚要跪下去，那船里便突
> 然跳出两个男人来，像是山里人，一个抱住她，一个帮着，
> 拖进船去了。祥林嫂还哭喊了几声，此后便再没有什么声息，
> 大约给用什么堵住了罢。接着就走上两个女人来，一个不认
> 识，一个就是卫婆子。窥探舱里，不很分明，她像是捆了躺
> 在船板上。②

祥林嫂的婆婆凭借着族权的威力把祥林嫂像犯人一样抓回去，"既是她的婆婆要她回去，那有什么话可说呢"③。祥林嫂半年辛苦劳作所得的工钱也都被婆婆悉数抢走。回家之后，婆婆强逼她改嫁给深山里的一个猎户，原因竟然是用卖祥林嫂所得的钱来为自己的小儿子买一个老婆。祥林嫂当初为了替死去的丈夫守节，独自一人逃到鲁镇，期盼能在这里通过劳动养活自己，免于受辱。但是，族权没有给她做人的权利，把她像货物一样卖掉了。

夫权要求祥林嫂为死去的丈夫守节。封建制度和封建思想统治下

① 《鲁迅全集》修订编辑委员会：《鲁迅全集》（第二卷），人民文学出版社 2005 年版，第 11 页。
② 《鲁迅全集》修订编辑委员会：《鲁迅全集》（第二卷），人民文学出版社 2005 年版，第 12 页。
③ 《鲁迅全集》修订编辑委员会：《鲁迅全集》（第二卷），人民文学出版社 2005 年版，第 12 页。

的旧社会，女性理应从一而终，不可再嫁。所以，祥林嫂在比自己小十岁的丈夫死后不肯再嫁，于是逃离了夫家，到了鲁镇。但是，悲剧依然紧紧跟随着祥林嫂，无情的命运也丝毫没有放过这个可怜的女人。婆婆为了给小儿子娶媳妇，把祥林嫂嫁进了深山。祥林嫂的婆婆利用了女性绝对从属于夫族家长制的特权，逼迫祥林嫂一定要以夫家的利益为先，丝毫不顾祥林嫂自身的意愿和利益。这其实是对女性赤裸裸的压迫和剥削。在婆婆的逼迫下，祥林嫂只能被迫嫁到深山中的贺家墺。在被迫举行婚礼的过程中，祥林嫂用自己的生命来抵抗，以保持自己的贞节。

"这有什么依不依。——闹是谁也总要闹一闹的；只要用绳子一捆，塞在花轿里，抬到男家，捺上花冠，拜堂，关上房门，就完事了。可是祥林嫂真出格，听说那时实在闹得利害，大家还都说大约因为在念书人家做过事，所以与众不同呢。……祥林嫂可是异乎寻常，他们说她一路只是嚎，骂，抬到贺家墺，喉咙已经全哑了。拉出轿来，两个男人和她的小叔子使劲的擒住她也还拜不成天地。他们一不小心，一松手，阿呀，阿弥陀佛，她就一头撞在香案角上，头上碰了一个大窟窿，鲜血直流，用了两把香灰，包上两块红布还止不住血呢。直到七手八脚的将她和男人反关在新房里，还是骂，阿呀呀，这真是……。"[1]

这就是在夫权思想的影响下祥林嫂守节的后果。被逼再嫁对于她

---

①《鲁迅全集》修订编辑委员会：《鲁迅全集》（第二卷），人民文学出版社 2005 年版，第 14 页。

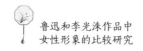
来说是更深的苦难，这一点从她宁愿以生命为代价来争取自由的反抗中可以看出来。但实际上，这与其说是反抗，不如说是她本能的挣扎。表面上看，祥林嫂是在反抗族权对她的压迫，但实际上，她只是在遵守夫权从一而终的指示。祥林嫂长期本能地以封建文化所规范的行为为准则，作为自己为人处世的标准，所以，她的反抗是盲目的，是她对"从一而终"的恪守，是对封建节烈观的愚忠。她只是在两种权力交织的状态下挣扎，而她自身就是这两种封建权力的牺牲者。

> "……她到年底就生了一个孩子，男的，新年就两岁了。我在娘家这几天，就有人到贺家墺去，回来说看见他们娘儿俩，母亲也胖，儿子也胖；上头又没有婆婆；男人所有的是力气，会做活；房子是自家的。——唉唉，她真是交了好运了。"①

通过文中的叙述可以知道，祥林嫂再嫁之后也算是度过了一段幸福的时光。因为自己的无力反抗，祥林嫂只能选择跟这个再嫁的男人一起生活，后来还有了自己的孩子。生活状况的好转让祥林嫂的外貌再一次发生了变化，但是厄运却再一次降临到祥林嫂身上。丈夫因为伤寒病死了，儿子也被深山里的狼吃了。祥林嫂再一次出现在鲁镇想要求取生活，但是这一次一切都发生了改变。

> 然而这一回，她的境遇却改变得非常大。上工之后的两三天，主人们就觉得她手脚已没有先前一样灵活，记性也坏

① 《鲁迅全集》修订编辑委员会：《鲁迅全集》（第二卷），人民文学出版社 2005 年版，第 14 页。

得多，死尸似的脸上又整日没有笑影，四婶的口气上，已颇有些不满了。当她初到的时候，四叔虽然照例皱过眉，但鉴于向来雇用女工之难，也就并不大反对，只是暗暗地告诫四婶说，这种人虽然似乎很可怜，但是败坏风俗的，用她帮忙还可以，祭祀时候可用不着她沾手，一切饭菜，只好自己做，否则，不干不净，祖宗是不吃的。①

祥林嫂已经不像从前那样能干了。丈夫和儿子的离去让她再一次遭受打击。她再次回到鲁镇，只是想要维持基本的生计——只是"活着"而已。但是，族权和神权却推着她加速走向死亡。

虽然祥林嫂再嫁是因为夫家的逼迫，但是，封建神权和族权依然不会放过她。在众人的眼中，她已经是不洁的人，她犯了"大罪"，是必然会受到"惩罚"的。鲁四老爷是地主阶级的代表，是政权的化身。从本质上看，他支持其他三种权力对祥林嫂的迫害。祥林嫂第一次来到鲁镇，他打从知道祥林嫂的寡妇身份后就皱眉，不愿意让她来自己家做工。但是祥林嫂凭借自己的踏实工作和吃苦耐劳留在了鲁镇，开启了自己的新生活。但是当祥林嫂第二次来到鲁镇的时候，她的遭遇已经大不一样了，她不能再触碰祭祀用的一切物品，甚至在向他人描述自己悲惨的遭遇时还要忍受他人的冷漠和嘲笑。

镇上的人们也仍然叫她祥林嫂，但音调和先前很不同；也还和她讲话，但笑容却冷冷的了。她全不理会那些事，只

---

① 《鲁迅全集》修订编辑委员会：《鲁迅全集》（第二卷），人民文学出版社 2005 年版，第 16 页。

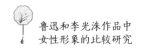
是直着眼睛，和大家讲她自己日夜不忘的故事……①

这故事倒颇有效，男人听到这里，往往敛起笑容，没趣的走了开去；女人们却不独宽恕了她似的，脸上立刻改换了鄙薄的神气，还要陪出许多眼泪来。有些老女人没有在街头听到她的话，便特意寻来，要听她这一段悲惨的故事。直到她说到呜咽，她们也就一齐流下那停在眼角上的眼泪，叹息一番，满足的去了，一面还纷纷的评论着。②

……但不久，大家也都听得纯熟了，便是最慈悲的念佛的老太太们，眼里也再不见有一点泪的痕迹。后来全镇的人们几乎都能背诵她的话，一听到就烦厌得头痛。③

对于祥林嫂来说，失去孩子的悲痛大过失去丈夫的痛苦。对于再嫁的祥林嫂，人们没有一丝一毫的同情，只认为她是一个不贞洁的女人。当然，更不会有人安慰她、帮助她。在遭受丧子的巨大悲痛后，祥林嫂只能通过向别人反复絮叨孩子被狼吃掉的悲惨经历来宣泄内心的悲伤。此时此刻，祥林嫂需要的只是可以倾听自己内心悲痛的对象，她不奢望大家的帮助，只希望有人能倾听她内心的苦闷和伤心，帮她摆脱沉痛的悲伤。但仅仅是这样简单的祈求祥林嫂也无法得到。麻木的社会和人群对祥林嫂的故事产生了厌烦，大家从开始的同情到最后只剩下冷漠，甚至开始嘲讽。祥林嫂感到了这个社会的寒冷，他人嘲

---

① 《鲁迅全集》修订编辑委员会：《鲁迅全集》(第二卷)，人民文学出版社 2005 年版，第 17 页。

② 《鲁迅全集》修订编辑委员会：《鲁迅全集》(第二卷)，人民文学出版社 2005 年版，第 17 页。

③ 《鲁迅全集》修订编辑委员会：《鲁迅全集》(第二卷)，人民文学出版社 2005 年版，第 18 页。

弄的笑容就像刀一样扎进她的心中。

在鲁家做工的时候，同柳妈的对话进一步加速让祥林嫂走向灭亡。

> "……你想，你将来到阴司去，那两个死鬼的男人还要争，你给了谁好呢？阎罗大王只好把你锯开来，分给他们。我想，这真是……"①

柳妈在封建迷信的影响和毒害下，无意中成为封建思想的帮凶。她这段有关"阴间"的话让祥林嫂在精神上承受了极大的压力。所以在小说的开始才会有祥林嫂向"我"询问有关灵魂和地狱的事情。在祥林嫂的内心深处，自己的一生已经没有任何希望了，她只能寄希望于死后，希望死后能同亲人见面。但是柳妈的话让她意识到自己就算是死了也是要遭受惩罚的，不可能再同儿子见面，所以祥林嫂在面对未来时变得更加恐惧。而柳妈给祥林嫂出的主意——去土地庙捐门槛让祥林嫂花光了所有的积蓄，直接造成了祥林嫂沦落为乞丐的悲剧。柳妈虽然也生活在社会的最底层，但她的思想意识同样也是当时封建意识的代表。尽管柳妈带着封建迷信的"威胁"，但惊恐万分的祥林嫂为了能和儿子在"阴间"相见，还是对柳妈的话深信不疑。

> 早饭之后，她便到镇的西头的土地庙里去求捐门槛。庙祝起初执意不允许，直到她急得流泪，才勉强答应了。
>
> ……快够一年，她才从四婶手里支取了历来积存的工钱，换算了十二元鹰洋，请假到镇的西头去。但不到一顿饭时候，

---

① 《鲁迅全集》修订编辑委员会：《鲁迅全集》（第二卷），人民文学出版社 2005 年版，第 19 页。

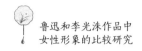
她便回来，神气很舒畅，眼光也分外有神，高兴似的对四婶
说，自己已经在土地庙捐了门槛了。①

听了柳妈的话，祥林嫂单纯地认为只要照她说的做了就能改变大
家对自己的看法，就能重新找回作为人的权利。但是，封建思想还是
对她步步紧逼，直至死亡。祭祀的时候，祥林嫂依然不能碰祭祀的用
品，即使祥林嫂在土地庙捐了门槛，但在她坦然地去拿祭祀用的物
品时，四婶仍然喝止了她，四婶对她说的话永远只有一句——"你放着
罢"②。

此时的祥林嫂已经在巨大的精神冲击之下丧失了言语的能力。"她
像是受了炮烙似的缩手，脸色同时变作灰黑，也不再去取烛台，只是
失神的站着。"③善良的祥林嫂被四叔所代表的地主阶级迫害得精神失
常，丧失了劳动能力，只能沦为乞丐。在社会、精神、经济的三重压
迫下，祥林嫂死在了新年的雪地里。

在小说中，夫权要祥林嫂守节，族权不允许她守节，政权和神权
又惩罚她不守节。这巨大的四重痛苦让祥林嫂求生不得、求死不能。
为了"捍卫"夫权，她从夫家出逃来到鲁镇做工，靠自己的辛勤劳动
换来做人的权利；为了守卫自己的"贞洁"，她不甘心再嫁他人，用生
命来抗婚，在嫁人的路上又哭又闹，甚至企图自杀，但最后也只留下
一个"大家以为耻辱"的伤疤；祥林嫂听信了柳妈封建迷信的劝说，

---

① 《鲁迅全集》修订编辑委员会：《鲁迅全集》（第二卷），人民文学出版社 2005 年
版，第 20 页。
② 《鲁迅全集》修订编辑委员会：《鲁迅全集》（第二卷），人民文学出版社 2005 年
版，第 20 页。
③ 《鲁迅全集》修订编辑委员会：《鲁迅全集》（第二卷），人民文学出版社 2005 年
版，第 20 页。

为了死后在地狱不受惩罚，她去"捐门槛"赎罪，并为此花光了自己所有的积蓄，最后沦为乞丐。祥林嫂在临死前依然在怀疑魂灵的有无，一方面她希望没有魂灵，这样她就可以不用遭受惩罚；另一方面她又希望有魂灵，这样她就可以和自己死去的儿子见面。

笔者在这里推测，从小说中两次提到祥林嫂的前夫比祥林嫂小十岁的这一事实可以得知，祥林嫂很有可能是作为童养媳嫁到前夫家或者卖到前夫家的。而祥林嫂成为童养媳的过程在文中并没有交代，或许祥林嫂是被父母卖给前夫家的，又或许祥林嫂本来就是个孤儿，为了生计才给前夫做了童养媳，以上种种都是对祥林嫂身世的揣测。祥林嫂的一生是苦苦挣扎的一生，封建四权固然造成了她的悲剧，但她自身的麻木、顺从和愚昧也是导致这场悲剧的主要原因。小说中，祥林嫂虽然看似有为自己不断进行过反抗和斗争，但她自始至终都没有真正为自己的幸福和人生争取过，甚至还在无意识中充当了封建道德的"卫道者"。祥林嫂同夫家的抗争不是为了自己的幸福，而是为了捍卫封建意识下的夫权；她同神权和政权的抗争并不是在为自己争取平等的地位和做人的权利，而是通过迷信的手段（捐门槛）想要取得神权和政权的认可，让自己继续在封建思想控制的社会中继续生存下去。然而当祥林嫂用尽一切办法、做出一切努力之后，封建神权和政权依然没有接受她，祥林嫂只能选择以死亡来结束自己的一生。

从《明天》和《祝福》这两篇小说所描写的细节中可以看出，故事发生的时间大概是在戊戌变法之后，此时的中国无论是在思想还是文化方面都在经历巨大的变革。在西方思想的影响下，封建旧道德受到前所未有的冲击，提倡人权、男女平等的思想正在被越来越多的中国人接受。然而在这样的社会背景下，当时生活在中国农村的女性仍

然处于被封建思想压迫的地位，这些受压迫的女性从一出生就受到封建制度和旧道德、旧思想的荼毒，她们自身不但没有反抗的意识，反而麻木顺从地接受了自己本不该有的不公平的命运，有的甚至成为封建礼教的"卫道者"。社会的冷漠和人群的嘲弄固然是造成当时这些中国女性悲剧的原因，但真正导致她们悲剧的则是封建制度、封建思想以及她们自身的愚昧、顺从和麻木。在这多重作用下，悲剧成为这些女性必然的人生结果。

鲁迅小说中的单四嫂子和祥林嫂正是这类顺从女性的代表。她们生长在农村，从小受封建思想的毒害，对封建道德无条件接受和顺从，对自己不公平的命运只会选择默默地接受。不反抗是她们对所有事情的态度。而在封建四权的压迫下，祥林嫂所谓的反抗也只是她为了遵循封建道德所采取的"自我保护"行为而已。祥林嫂的"反抗"是为了在封建制度的社会环境下更好地生活而被迫做出的反应，单四嫂子则是没有经过一丝一毫的反抗就默默地就接受了自己悲惨的命运，在冰冷的黑夜里等待自己注定成为悲剧的明天。封建旧制度导致了这群顺从女性悲剧的命运，她们自身的愚昧和顺从更加奠定了她们悲剧性的一生，让她们成为绝对的悲剧女性，单四嫂子和祥林嫂是旧中国农村劳动女性悲惨遭遇的代表。

2. 彷徨的女性

鲁迅在小说《明天》和《祝福》两篇作品中塑造的人物单四嫂子和祥林嫂是麻木的、完全没有反抗思想的旧中国悲剧底层劳动女性形象的代表。而在小说《离婚》中，鲁迅描写了一个具有封建性质反抗意识的农村女性形象——爱姑。同单四嫂子和祥林嫂相比，爱姑虽然也是一个没有文化的地道的农村妇女，但是她懂得利用身边的各种条件维护自己的权益，所以笔者认为爱姑这个人物角色具备了一定的反抗意识。之所以说她具备的是带有封建性质的反抗意识，原因就在于她的反抗不是跳出了封建道德意识并且在认识和批判封建制度的基础上进行的反抗，而是在封建道德意识的制约下进行的微弱抵抗。所以说，爱姑的反抗是带有封建性质的，但是相比那些麻木顺从的女性，爱姑的"反抗"是带有一定进步性的。

在小说的描写中，爱姑原本也是善良温顺的农村女性，但是当她得知丈夫在外面另觅新欢，并且准备抛弃她时，她变得大胆而泼辣，勇敢地同夫家进行了为期三年的抗争，最后，双方不得不请出知县和族长"七大人"来为"离婚"这件事情进行调停。小说一开始就是爱姑和自己的父亲前往夫家准备进行最后的抵抗。同以往鲁迅作品中所描写的那些身处社会底层的劳动妇女相比，爱姑是有"身份"的女性，因为她有"体面"的娘家。（"'我们虽然是初会，木叔的名字却是早已知道的。'胖子恭敬地说。'是的，这里沿海三六十八村，谁不知道？施家的儿子姘上了寡妇，我们也早知道。去年木叔带了六位儿子去拆平了他家的灶，谁不说应该？……你老人家是高门大户都走得进的，脚步开阔，怕他们甚的！……'"①）也正因为有了相对强势的娘家，所以在去同夫家对峙的路上，爱姑表现得信誓旦旦，言语间势必要把夫家闹得鸡犬不宁。

"我倒并不贪图回到那边去，八三哥！"爱姑愤愤地昂起

---

①《鲁迅全集》修订编辑委员会：《鲁迅全集》（第二卷），人民文学出版社 2005 年版，第 149、150 页。

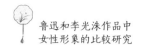
头，说，"我是赌气。你想，'小畜生'妼上了小寡妇，就不要
我，事情有这么容易的？'老畜生'只知道帮儿子，也不要我，
好容易啊！七大人怎样？难道和知县大老爷换帖，就不说人话
了么？他不能像慰老爷似的不通，只说是'走散好走散好'。
我倒要对他说说我这几年的艰难，且看七大人说谁不错！"①

从上面的引文可以看出，爱姑对自己丈夫的出轨是极其不满的，
但是，爱姑之所以会如此愤慨，不仅仅是因为丈夫的出轨，还因为丈
夫和夫家一起联合起来想把自己赶出家门。夫家的这一荒唐行为对于
爱姑来说是再也无法容忍的了。在封建思想占统治地位的旧社会，男
人三妻四妾是稀松平常的事，大多数女性被逼无奈，只好选择忍气吞
声，甚至不能对丈夫不道德的行为表现出愤怒，只能被迫接受事实，
继续扮演好一个"妻子"的角色。但小说中的爱姑却有所不同：丈夫
在出轨后本打算抛弃她，甚至还要将她彻底撵出家门；公公不仅不帮
明媒正娶进家门的她说话，还伙同儿子一起欲将她撵出家门。在封建
旧农村，对女性而言，被夫家撵出家门是无论如何都无法承受的屈辱，
有的女性甚至会在被撵出夫家后选择默默结束自己的生命，以维持自
己和娘家的名誉。因为出身有"身份"、有"地位"的家庭，再加上自
己身后父亲和兄弟的支持，爱姑决定不再继续保持沉默。为了维护自
己的权利和地位，她决定把自己同夫家发生的"丑事"闹得镇上人尽
皆知，势要同夫家顽强抵抗到底。在同夫家斗争的三年里，虽然爱姑
并没有取得她心心念念想要的结果，但是从她连在乡里颇有名望的人

---

① 《鲁迅全集》修订编辑委员会：《鲁迅全集》（第二卷），人民文学出版社 2005 年
版，第 149 页。

士对她的劝解也听不进、执意同夫家抗争到底的情况来看，爱姑对这次由所谓的"七大人"出面的调解是颇有信心的，因为在她的认知里，这件事从头至尾都是夫家的错，而且自己这些年在夫家也算尽心尽力服侍丈夫，所以爱姑认为自己一定会在这场"抗争"中获得最后的胜利。另外，同鲁迅其他小说中所刻画的底层劳动女性形象相比，爱姑这个人物的特殊之处在于她是有"身份"的人，她"体面"的娘家和有地位的父亲就是她最大的后盾。

> "要撇掉我，是不行的。七大人也好，八大人也好。我总
> 要闹得他们家败人亡！慰老爷不是劝过我四回么？连爹也看
> 得赔贴的钱有点头昏眼热了……。"①
>
> ……
>
> 爱姑瞪着眼看定篷顶，大半正在悬想将来怎样闹得他们
> 家败人亡；"老畜生"，"小畜生"，全都走投无路。慰老爷她
> 是不放在眼里的，见过两回，不过一个团头团脑的矮子：这
> 种人本村里就很多，无非脸色比他紫黑些。②

正因为有了父亲和自家兄弟的支持，所以在去同夫家对峙的路上，爱姑表现得信誓旦旦，甚至连旁人眼中家族的"绝对权威"七大人也不放在眼里，势必要把夫家闹得鸡犬不宁。爱姑之所以能同夫家进行长达三年的抵抗，除了她泼辣的性格使然，父亲的支持也是必不可少的原因之一。爱姑在夫家找不到支持自己的人，所以只能回自己的娘

---

① 《鲁迅全集》修订编辑委员会：《鲁迅全集》（第二卷），人民文学出版社 2005 年版，第 150 页。

② 《鲁迅全集》修订编辑委员会：《鲁迅全集》（第二卷），人民文学出版社 2005 年版，第 151 页。

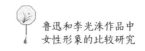
家寻求父亲的帮助。也正因为自己的父亲是一个有身份的人，所以爱姑才能正大光明地同夫家进行"顽强"的抗争，甚至就连代表族权的慰老爷也不放在眼里。丈夫出轨后，爱姑第一个寻找的支持者就是代表族权的慰老爷。在他那里无法寻求到帮助之后，爱姑转而寻找代表父权的父亲。在父亲的支持下，爱姑开始为自己的地位同夫家进行抗争。但实际上，爱姑的所谓反抗始终处于封建道德制度的框架制约之下，当她需要帮助时，她唯一想到的也只是依附于封建特权阶级，而不是通过自身的奋斗去和旧势力抗争。在爱姑的思想意识中，当族权选择抛弃她时，她只能选择能够同族权抗衡的父权来维护自己的利益。但爱姑的父亲此时却并不是这样想的。

> ……庞庄，他到过许多回，不足道的，以及慰老爷。他还记得女儿的哭回来，他的亲家和女婿的可恶，后来给他们怎样地吃亏。想到这里，过去的情景便在眼前展开，一到惩治他亲家这一局，他向来是要冷冷地微笑的，但这回却不，不知怎的忽而横梗着一个胖胖的七大人，将他脑里的局面挤得摆不整齐了。[①]

从这里可以看出，爱姑的父亲虽然在农村拥有一定的地位，但地位却不是很高，所以对七大人这样的"人物"还是畏惧的。以往他和爱姑一样对"抗争"这件事情是有绝对的把握的，但是七大人的出现让他不得不重新思考整件事情。从七大人出现后爱姑父亲的心理转变可以看出，无论是爱姑，还是像爱姑父亲这种有"身份"的人，面对

---

①《鲁迅全集》修订编辑委员会：《鲁迅全集》(第二卷)，人民文学出版社 2005 年版，第 151 页。

封建特权阶级的时候，内心依然是极度虚弱的。正如那些被封建制度控制和制约的人们所表现的那样，一旦面对强大的封建特权阶级，他们内心深处的虚弱就会暴露无遗。就像爱姑，在见到七大人之前，自认为七大人能帮自己主持公道。但当爱姑见到七老爷之后，表面上虽然据理力争，但是内心却已开始感到了不安。

在作品中，七大人代表了封建特权的绝对权威，他是整个地方族权的最高代表。"七大人"这一形象是封建特权最典型的代表之一，他的意见无人敢反抗。七大人的出现代表了爱姑即将被决定的命运。

"……不是已经有两年多了么？我想，冤仇是宜解不宜结的。爱姑既然丈夫不对，公婆不喜欢……。也还是照先前说过那样：走散的好。我没有这么大面子，说不通。七大人是最爱讲公道话的，你们也知道。现在七大人的意思也这样：和我一样。可是七大人说，两面都认点晦气罢，叫施家再添十块钱：九十元！"

"…………"

"九十元！你就是打官司打到皇帝伯伯跟前，也没有这么便宜。这话只有我们的七大人肯说。"

七大人睁起细眼，看着庄木三，点点头。①

爱姑不能容忍自己的父亲同意用金钱来了结自己的婚姻，她也无法接受被夫家赶出家门的命运。所以，就算在七大人的面前，她也要想方设法尽力维护自己的权利。在七大人保持沉默的时候，爱姑开始

---

① 《鲁迅全集》修订编辑委员会：《鲁迅全集》（第二卷），人民文学出版社 2005 年版，第 153 页。

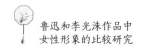
为自己说话。

> "……自从我嫁过去，真是低头进，低头出，一礼不缺。他们就是专和我作对，一个个都像个'气杀钟馗'。那年的黄鼠狼咬死了那四大公鸡，那里是我没有关好吗？那是那只杀头癞皮狗偷吃糠拌饭，拱开了鸡橱门。那'小畜生'不分青红皂白，就夹脸一嘴巴……。"
>
> ……
>
> "我知道那是有缘故的。这也逃不出七大人的明鉴；知书识理的人什么都知道。他就是着了那滥婊子的迷，要赶我出去。我是三茶六礼定来的，花轿抬来的呵！那么容易吗？……我一定要给他们一个颜色看，就是打官司也不要紧。县里不行，还有府里呢……。"①
>
> ……
>
> "那我就拼出一条命，大家家败人亡。"②

在上述引文中，爱姑通过叙述自己的委屈，指望从七大人那里争取同情，以便维护自己应有的权利，但实际上，爱姑在婚姻中所经历的一切委屈对七大人这类封建卫道士来说根本毫无意义，维护封建制度的运转才是这类人存在的意义和价值。爱姑是丈夫家明媒正娶的妻子，丈夫对自己的不忠导致婚姻走向破裂，但自己的公公不但没有帮助自己，反而伙同丈夫把自己赶出家门。爱姑虽然口口声声称七大人

---

① 《鲁迅全集》修订编辑委员会：《鲁迅全集》（第二卷），人民文学出版社 2005 年版，第 153、154 页。

② 《鲁迅全集》修订编辑委员会：《鲁迅全集》（第二卷），人民文学出版社 2005 年版，第 154 页。

是知书达理的人，但其实是想再次强调自己才是夫家明媒正娶的妻子，而处处维护封建统治的七大人就理应同自己站在同一战线。但当爱姑表达自己如果得不到妥善的处理就要继续闹下去，甚至可以闹出人命的时候，七大人开口了。

> "年纪青青。一个人总要和气些：'和气生财'。对不对？
> 我一添就是十块，那简直已经是'天外道理'了。要不然，
> 公婆说'走！'就得走。莫说府里，就是上海北京，就是外洋，
> 都这样。……"①

从引文中七大人的话可以知道，爱姑的命运已经就此决定了，那就是不得不从夫家离开。因为公婆让离开，所以媳妇就不得不离开，这本身就是封建制度下的"硬道理"，这也才是七大人一直秉承的"知书达理"中那个唯一的"理"。从一开始，七大人就根本没有想过真心帮助爱姑，只是在听到爱姑还要继续到城里"闹"的时候才开始发声，他担心的只是爱姑会去城里"闹"，会伤及自己在村里的"威严"。在以"七大人"之流为代表的族权思想中，村里发生的任何事情都必须在村里按照自己的"意愿"处理，这个"意愿"就是坚决维护族权的"威严"。如果爱姑去了城里，只会让族里的其他人对自己的威信产生怀疑，动摇自己对氏族的"统治"。所以，对七大人来说，他必须尽快妥善解决这件事，不仅不能让爱姑继续"闹"下去，让她威胁到自己在族群中"至高无上"的地位，还要维护好族群男性的威严和利益。几千年来，伴随着中国封建制度的是不可替代的封建男权中心思想。

---

① 《鲁迅全集》修订编辑委员会：《鲁迅全集》（第二卷），人民文学出版社 2005 年版，第 154 页。

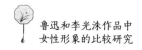
"七大人"之流是封建族权的代表，更是男权中心主义的卫道士。在"七大人"之流顽固的封建意识中，爱姑的行为就是在赤裸裸地挑战族群男权的统治，这是绝不能被允许的。单这一点就早已经注定了爱姑最终会被夫家无情抛弃的悲惨结局。然而，性格泼辣的爱姑不甘于默默承受自己的悲剧性命运，她要为自己做出最后的努力。

> "怎么连七大人……。"她满眼发了惊疑和失望的光。"是的……。我知道，我们粗人，什么也不知道。就怨我爹连人情世故都不知道，老发昏了。就专凭他们'老畜生''小畜生'摆布；他们会报丧似的急急忙忙钻狗洞，巴结人……。"
>
> ……
>
> ……爱姑回转脸去大声说，便又向着七大人道，"我还有话要当大众面前说说哩。他那里有好声好气呵，开口'贱胎'，闭口'娘杀'。自从结识了那婊子，连我的祖宗都入起来了。七大人，你给我批评批评，这……。"[①]

原文到这里为止就是爱姑对不公命运所进行的最后的抵抗，她当着族里大伙儿的面陈述了平时丈夫为了私下的情人是如何对她这个名正言顺的妻子进行辱骂的事实，并想要通过这样的方式来博取七大人的同情。但爱姑永远意识不到的是，七大人绝不会允许她损害族群男性的利益和地位，从而挑战他"至高无上"的权威，所以七大人当众下了最后通牒，发出了"来～兮"声音。伴随着七大人的这声"来～兮"，爱姑才终于意识到自己已经没有任何抗争的能力和意义了。

---

① 《鲁迅全集》修订编辑委员会：《鲁迅全集》（第二卷），人民文学出版社 2005 年版，第 155 页。

她觉得心脏一停，接着便突突地乱跳，似乎大势已去，局面都变了；仿佛失足掉在水里一般，但又知道这实在是自己错。

　　……

　　爱姑知道意外的事情就要到来，那事情是万料不到，也防不了的。她这时才又知道七大人实在威严，先前都是自己的误解，所以太放肆，太粗卤了。她非常后悔，不由的自己说：

　　"我本来是专听七大人吩咐……"①

　　从原文可知，其实七大人这声"来——兮"只是在向自己的仆人要鼻烟而已，但对于势单力薄又深受封建思想影响的爱姑来说，这就是七大人生气的表现。爱姑此时才最终意识到，自己的行为根本就是在挑战七大人所代表的男权统治势力，这在当时是万万不可能实现的。爱姑意识到自己行为的"放肆"，迫于无奈，不得不接受自己的悲剧命运，被迫同丈夫离了婚。最后，父亲接受了夫家给的所谓"赔贴"的钱，换回了结婚时双方交换的帖子，至此，爱姑坚持了三年的抗争，最终在七大人的作用下有了"最不意外"的结果。

　　小说《离婚》中的主人公爱姑是不同于单四嫂子、祥林嫂的另一类农村女性的代表。虽然爱姑最终的结局依然是被夫家赶出家门，但是同单四嫂子和祥林嫂不同的是，她懂得维护自己的正当权益，同夫家、同整个族群进行了长达三年的抗争。虽然这样的反抗始终在封建道德的制约下进行，但是爱姑选择勇敢地保护自己，维护自己作为女

---

①《鲁迅全集》修订编辑委员会：《鲁迅全集》(第二卷)，人民文学出版社 2005 年版，第 156 页。

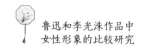
性、作为妻子的正当权利。在知晓丈夫已然出轨且夫家准备将自己赶出家门后，爱姑抛却了以往传统女性温柔恭顺的形象，用自己的泼辣和倔强把离婚这件事闹得沸沸扬扬、人尽皆知。她不允许丈夫在外面有情人，骂自己的丈夫和公公是"畜生"，让夫家颜面尽失，遭受各种经济损失，就连当地的地主出面调解，她也非常抗拒，坚决拒绝夫家用一点"赔贴"的钱就将自己赶回娘家。爱姑以一己之力同夫家、族群甚至封建男权相抗衡，不管爱姑有没有意识到，在她的思想中都已经有了最初的男女平等思想的萌芽。她反抗夫权，反抗族权，反抗封建制度下沿袭了几千年的男权中心思想。爱姑身上的抗争意识是单四嫂子和祥林嫂这样的女性形象身上所没有的，也是爱姑思想中进步的一面。但是，爱姑毕竟只是从小受封建道德教育的农村女性，从未接受过先进的知识教育，只是凭借意识中模糊的反抗意识和泼辣的性格，同顽固的封建旧制度进行微弱的抗争。爱姑思想中为数不多的进步的闪光点终究只能散发出萤烛之光，永远无法照亮她的整个人生。其实归根结底，爱姑反抗夫权、反抗族权和反抗男权中心意识的理论依据依然来源于封建礼教，而不是出于个人自由意志的觉醒，也不是自身女性意识的觉醒和对女性权利的维护。她坚持顽强反抗的目的始终还是维护封建伦理，维护自己"父母之命、媒妁之言"的封建婚姻和家庭关系，甘心继续做封建家庭的"殉道者"。

爱姑是受封建伦理毒害的悲剧女性，她即便拥有为自己不公命运做出反抗的现实客观条件，也依然摆脱不了弱者的意识。封建伦理道德对女性的控制和影响在爱姑身上依然根深蒂固，男权势力掌控的世俗意识也深深埋藏在爱姑的思想深处，使得爱姑对统治阶级抱有极大的幻想。爱姑即便意识到了自身权利被侵犯，但还是没有足够的勇气和力量去克服内心对封建道德根深蒂固的畏惧（小说最后爱姑向七老爷表现得毕恭毕敬就证明了这一点），导致她坚持三年的反抗仍然以失败告终，也决定了她婚姻和人生的悲剧性结局。

爱姑从一开始坚定不移地斗争，到最后不由自主地屈服，真实地表明了封建伦理道德在女性寻求解放的道路上形成的万千阻碍，也证明了女性自身思想中对封建道德无意识的恐惧和顺从也是阻碍当时女性意识进步发展的重要原因之一。但是与单四嫂子和祥林嫂的麻木、顺从相比，爱姑身上的反抗力量是不可忽视的。虽然爱姑的反抗带有封建性质，但是，作为深受建道德影响的农村女性的又一代表，爱姑的反抗体现了时代的潮流，体现了女性意识不可阻挡的进步意义。

3. 堕落的女性

前文讨论的女性形象都是生活在农村地区的劳动女性，她们从小没有接受过正式的教育，在爱情、婚姻和家庭的问题上也只得听从父权、夫权和族权的安排，无法表达自己的意志。从思想到身体都被封建伦理道德束缚的她们，最终也只能以凄凉的结局结束自己悲剧性的一生。而在小说《伤逝》中，女主人公子君是同祥林嫂、单四嫂子和爱姑截然不同的新女性，她是一个接受过新知识、新思想洗礼的年轻女性。她在五四运动的影响下，自觉摆脱封建礼教的束缚，为寻找属于自己的生活和爱情，同代表"传统"的家庭相决裂。但就当时而言，即便是像子君这样拥有进步思想的知识女性，也依然无法摆脱凄惨的命运。子君虽然依靠自身努力寻求并拥有了属于自己的爱情，但由于她自身极度脆弱的内心世界，以及在封建思想和面对生活所必需的经济实力的双重折磨下，她的身体和灵魂最终还是走向了毁灭。

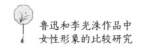

《伤逝》中的子君是中国现代文学中虽然具有反抗精神但最终仍然
被旧制度吞噬的青年女性知识分子的典型代表。

小说一开始对子君的描写让读者看到了一个同时代进步紧密结合
的新女性。

> ……在久待的焦躁中，一听到皮鞋的高底尖触着砖路的
> 清响，是怎样地使我骤然生动起来呵！于是就看见带着笑涡
> 的苍白的圆脸，苍白的瘦的臂膊，布的有条纹的衫子，玄色
> 的裙。她又带了窗外的半枯的槐树的新叶来，使我看见，还
> 有挂在铁似的老干上的一房一房的紫白的藤花。①
> ……
> ……她在她叔子的家里大约并未受气；我的心宁帖了，
> 默默地相视片时之后，破屋里便渐渐充满了我的语声，谈家
> 庭专制，谈打破旧习惯，谈男女平等，谈伊孛生，谈泰戈尔，
> 谈雪莱……。她总是微笑点头，两眼里弥漫着稚气的好奇的
> 光泽。壁上就钉着一张铜板的雪莱半身像，是从杂志上裁下
> 来的，是他的最美的一张像。当我指给她看时，她却只草草
> 一看，便低了头，似乎不好意思了。这些地方，子君就大概
> 还未脱尽旧思想的束缚，……②

子君穿高跟鞋，和涓生探讨当时的进步话题，讨论外国的作家
作品……这种种描写都体现了子君作为一个新女性的特质。涓生虽

---

① 《鲁迅全集》修订编辑委员会：《鲁迅全集》(第二卷)，人民文学出版社 2005 年
　版，第 113 页。
② 《鲁迅全集》修订编辑委员会：《鲁迅全集》(第二卷)，人民文学出版社 2005 年
　版，第 114 页。

然从她的表现中感受到了一些旧式女子的特点，但是已然处于热恋中的他可以对此完全不在乎。此时，他们双方都沉浸在对彼此疯狂的爱恋中，尽情地享受自由恋爱带来的无比新鲜的快感。子君毅然拒绝了父辈安排的传统婚姻，凭着纯真而热烈的激情，选择同涓生居住在一起。

"我是我自己的，他们谁也没有干涉我的权利！"

这是我们交际了半年，又谈起她在这里的胞叔和在家的父亲时，她默想了一会之后，分明地，坚决地，沉静地说了出来的话。其时是我已经说尽了我的意见，我的身世，我的缺点，很少隐瞒；她也完全了解的了。这几句话很震动了我的灵魂，此后许多天还在耳中发响，而且说不出的狂喜，知道中国女性，并不如厌世家所说那样的无法可施，在不远的将来，便要看见辉煌的曙色的。

……

……她目不邪视地骄傲地走了，没有看见；我骄傲地回来。

"我是我自己的，他们谁也没有干涉我的权利！"这彻底的思想就在她的脑里，比我还透彻，坚强得多。……①

从引文可知，像子君这样的女性，在最初追求个性解放、同封建势力做斗争中表现出了信誓旦旦、无所畏惧的勇气，"我是我自己的，他们谁也没有干涉我的权利！"这句话体现了五四运动带来的新思想、新风气对像子君这样的新女性造成的巨大影响。子君从易卜生的《玩

---

① 《鲁迅全集》修订编辑委员会：《鲁迅全集》（第二卷），人民文学出版社 2005 年版，第 115 页。

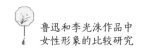

偶之家》这部作品中获得启发和精神支持，为了自己所追求的理想爱
情毅然决然地走出了代表封建桎梏的家门。陷入热恋的子君，对父辈
是勇于反抗的，她堂堂正正地踏出了家门；对那些旁观者的蔑视，以
及他们给出的侮辱，子君展现出的是无畏的平静。在夜晚，子君把自
己毫无保留地交给了涓生。他们已经深刻地拥有了彼此，此时此刻的
他们共同享受着新生活和爱情带来的一切甜蜜和幸福。就这样，子君
和涓生沉浸在他们如萤火般热烈的爱情中，在对未来的无限憧憬中开
始了同居生活。但就在两人寻找栖身之所的时候，他们才真真切切地
感受到了整个社会对他们的冷淡态度。

> ……我觉得在路上时时遇到探索，讥笑，猥亵和轻蔑的
> 眼光，一不小心，便使我的全身有些瑟缩，只得即刻提起我
> 的骄傲和反抗来支持。她却是大无畏的，对于这些全不关心，
> 只是镇静地缓缓前行，坦然如入无人之境。

> 寻住所实在不是容易事，大半是被托辞拒绝，小半是我们
> 以为不相宜。起先我们选择得很苛酷，——也非苛酷，因为看去
> 大抵不像是我们的安身之所；后来，便只要他们能相容了。①

以上引文表明了离开各自原生家庭后子君和涓生在社会生活中所
遭遇的蔑视和冷待。他们虽然貌似已脱离原本封建氛围浓厚的家庭，
开启了属于自己的新生活，但即便是经历了五四运动，当时的社会大
环境也依然不能容忍违背封建伦理道德的他们。在当时的社会大众心
中，他们是"特异"的存在，是不合"常理"的。在面对社会人众向

---

① 《鲁迅全集》修订编辑委员会：《鲁迅全集》（第二卷），人民文学出版社 2005 年
版，第 117 页。

他们抛去的恶意的眼光和指责时，同涓生内心的矛盾和挣扎相比，子君用自己的坦然表现出了对爱情和新生活的坚定信心，对一切蔑视和羞辱都采取了无所畏惧的态度。但无论面对怎样热烈而无畏的爱情，生活也终将是两人回归的终点，是他们不得不面对的对他们来说异常沉重的话题。

> 我们的家具很简单，但已经用去了我的筹来的款子的大半；子君还卖掉了她唯一的金戒指和耳环。我拦阻她，还是定要卖，我也就不再坚持下去了；我知道不给她加入一点股分去，她是住不舒服的。
>
> 和她的叔子，她早经闹开，至于使他气愤到不再认她做侄女；我也陆续和几个自以为忠告，其实是替我胆怯，或者竟是嫉妒的朋友绝了交。[①]

由上文可知，为了彻底摆脱封建家庭和过往的束缚，子君和涓生都断绝了同亲朋好友间的联系，义无反顾地选择了为崇高而热烈的爱情展开新生活。从对房屋家具的添置可以看出，两个人的经济状况非常拮据，但即便是在这样的条件下，子君也主动表示要为家庭贡献自己的一分力量。此时的子君对于婚姻和生活的要求是实现男女平等，她和涓生应该共同为新生活负起责任来。但是，同居后的子君却走向了当初寻找新思想、新生活这一目标的反方向，逐渐陷入生活的琐事中。

---

①《鲁迅全集》修订编辑委员会：《鲁迅全集》（第二卷），人民文学出版社 2005 年版，第 117 页。

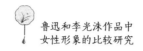

　　子君竟胖了起来，脸色也红活了；可惜的是忙。管了家
务便连谈天的工夫也没有，何况读书和散步。……①

　　……在家里是和她相对或帮她生白炉子，煮饭，蒸馒头。

　　……做菜虽不是子君的特长，然而她于此却倾注着全力；
对于她的日夜的操心，使我也不能不一同操心，来算作分甘
共苦。况且她又这样地终日汗流满面，短发都粘在脑额上；
两只手又只是这样地粗糙起来。

　　况且还要饲阿随，饲油鸡，……都是非她不可的工作。

　　我曾经忠告她：我不吃，倒也罢了；却万不可这样地操
劳。她只看了我一眼，不开口，神色却似乎有点凄然；我也
只好不开口。然而她还是这样地操劳。②

　　在无休无止的平凡生活面前，同一道谈论新思想、新文化那个时
候相比，子君已然产生了巨大的变化。她整日因家中的琐事繁忙，甚
至因为家中饲养的家禽同其他人产生矛盾。与之前新女性的形象相比，
子君已然陷入生活的泥沼之中不能自拔。之前清新的形象已经不再，
取而代之的是每天汗流浃背地做家务，给涓生做饭。当涓生提出不用
给自己做饭的要求时，她竟然表现出了凄凉的神色。从这里可以看出，
此时的子君因为生活的压力已经发生了变化，她不再是当初那个为了
自己的爱情敢于同传统势力做斗争、毅然决然脱离封建家庭的意气风
发的新女性了，她逐渐转变成为一个传统封建家庭里的女性，家庭和

---

①《鲁迅全集》修订编辑委员会：《鲁迅全集》（第二卷），人民文学出版社 2005 年
　版，第 118 页。

②《鲁迅全集》修订编辑委员会：《鲁迅全集》（第二卷），人民文学出版社 2005 年
　版，第 119 页。

丈夫俨然成为她唯一的寄托和依靠。就在此时，涓生被原先工作的地方辞退了，他们新生却脆弱的家庭面临着更加严峻的考验。但是在突发的困难面前，经历了生活琐事的子君不再如当初一般勇敢无畏，不再敢同涓生一道面对挑战，反而变得胆小怯懦。失去工作的涓生更加深刻地感受到了子君身上所发生的变化。

> ……我立刻转身向了书案，推开盛香油的瓶子和醋碟，子君便送过那黯淡的灯来。我先拟广告；其次是选定可译的书，迁移以来未曾翻阅过，每本的头上都满漫着灰尘了；最后才写信。

> 我很费踌躇，不知道怎样措辞好，当停笔凝思的时候，转眼去一瞥她的脸，在昏暗的灯光下，又很见得凄然。我真不料这样微细的小事情，竟会给坚决的，无畏的子君以这么显著的变化。她近来实在变得很怯弱了，但也并不是今夜才开始的。……①

突遇失业，涓生需要立刻谋求一份新的工作。引文中对书上布满灰尘的描写生动地描画了子君近期的生活状态。时刻在家的子君没有继续之前的阅读爱好，而是陷于生活大小琐事之中。这里小说的描写其实已经表现出了子君同进步思想的严重脱节，无论在思想上还是在生活上，子君都不可避免地同涓生产生了严重而巨大的分歧。在寻找新工作的过程中，涓生重新开始阅读各种书籍。他于阅读中重新对未来充满了自信和希望，但此时的子君却因为怯弱而对生活开始感到失望。

---

① 《鲁迅全集》修订编辑委员会：《鲁迅全集》（第二卷），人民文学出版社 2005 年版，第 120 页。

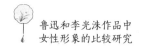
可惜的是我没有一间静室，子君又没有先前那么幽静，
善于体帖了，屋子里总是散乱着碗碟，弥漫着煤烟，使人不
能安心做事，但是这自然还只能怨我自己无力置一间书斋。
然而又加以阿随，加以油鸡们。加以油鸡们又大起来了，更
容易成为两家争吵的引线。

加以每日的"川流不息"的吃饭；子君的功业，仿佛就
完全建立在这吃饭中。吃了筹钱，筹来吃饭，还要喂阿随，
饲油鸡；她似乎将先前所知道的全都忘掉了，也不想到我的
构思就常常为了这催促吃饭而打断。即使在坐中给看一点怒
色，她总是不改变，仍然毫无感触似的大嚼起来。

使她明白了我的作工不能受规定的吃饭的束缚，就费去
五星期。……①

从这里开始，子君已经同之前的知识青年新女性的形象截然不同
了。此时的她在生活和现实的驱使下成为真正的封建传统女性，这也
是她和涓生的爱情走向失败的重要原因之一。在涓生的思想意识中，
他和子君的爱情生活已经产生了不小的危机。然而，依然每天沉浸于
各类日常琐事、只知晓整日伺候丈夫一日三餐的子君却完全没有意识
到，自己曾无畏付出的爱情和生活即将迎来灭顶之灾。

作为曾经的知识青年新女性，就连涓生的翻译工作不能被轻易打
断、吃饭时间也无法像从前那样固定这类小事，子君也再不能理解了。
她同涓生的思想轨道已经越来越严重偏离。因为生活条件所迫，他们

---

① 《鲁迅全集》修订编辑委员会：《鲁迅全集》（第二卷），人民文学出版社 2005 年
版，第 121、122 页。

不能继续在家里养鸡，涓生无奈之下只能选择把鸡放生。而在子君看来，鸡离开家后是无法存活的，她无法接受涓生残忍的行为。与此同时，涓生对子君的态度也变得更加疏远了。

> ……其实，我一个人，是容易生活的，虽然因为骄傲，向来不与世交来往，迁居以后，也疏远了所有旧识的人，然而只要能远走高飞，生路还宽广得很。现在忍受着这生活压迫的苦痛，大半倒是为她，便是放掉阿随，也何尝不如此。但子君的识见却似乎只是浅薄起来，竟至于连这一点也想不到了。
>
> 我拣了一个机会，将这些道理暗示她；她领会似的点头。然而看她后来的情形，她是没有懂，或者是并不相信的。
>
> ……
>
> ……子君，——不在近旁。她的勇气都失掉了，只为着阿随悲愤，为着做饭出神；然而奇怪的是倒也并不怎样瘦损……。
>
> ……
>
> 子君似乎也觉得的，从此便失掉了她往常的麻木似的镇静，虽然竭力掩饰，总还是时时露出忧疑的神色来，但对我却温和得多了。[1]

在涓生心目中，他所认识的子君、他所恋慕的子君已经变了，变得世故，变得麻木。子君不再是当初那个同他讨论雪莱、讨论易卜生的知识新女性，不再是那个和他有着共同理想的爱人同志，而已在生活的重压下转变成一个传统封建家庭妇女，对周遭的一切都表现得麻

---

[1] 《鲁迅全集》修订编辑委员会：《鲁迅全集》（第二卷），人民文学出版社 2005 年版，第 123、125 页。

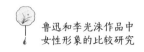

木和呆滞。在生活如此艰辛的状态下，涓生对他和子君之间曾经热烈
而深刻的爱情产生了怀疑，他感到前所未有的孤独和寒冷。

　　　　子君有怨色，在早晨，极冷的早晨，这是从未见过的，
　　但也许是从我看来的怨色。我那时冷冷地气愤和暗笑了；她
　　所磨练的思想和豁达无畏的言论，到底也还是一个空虚，而
　　对于这空虚却并未自觉。她早已什么书也不看，已不知道人
　　的生活的第一着是求生，向着这求生的道路，是必须携手同
　　行，或奋身孤往的了，倘使只知道捶着一个人的衣角，那便
　　是虽战士也难于战斗，只得一同灭亡。

　　　　我觉得新的希望就只在我们的分离；她应该决然舍去，——
　　我也突然想到她的死，然而立刻自责，忏悔了。幸而是早晨，
　　时间正多，我可以说我的真实。我们的新的道路的开辟，便
　　在这一遭。

　　　　我和她闲谈，故意地引起我们的往事，提到文艺，于是
　　涉及外国的文人，文人的作品：《诺拉》,《海的女人》。称扬
　　诺拉的果决……也还是去年在会馆的破屋里讲过的那些话，
　　但现在已经变成空虚，从我的嘴传入自己的耳中，时时疑心
　　有一个隐形的坏孩子，在背后恶意地刻毒地学舌。

　　　　她还是点头答应着倾听，后来沉默了。我也就断续地说
　　完了我的话，连余音都消失在虚空中了。①

　　　　　　　　　　　　　　　　　　　　　　　　　　　　　　

①《鲁迅全集》修订编辑委员会：《鲁迅全集》(第二卷)，人民文学出版社 2005 年
版，第 125、126 页。

在日复一日的麻木生活和已然无望的爱情的双重折磨下，涓生不得不重新思考自己和子君的未来。现在涓生面前的子君已不再是当初那个能同他一道为生活、为爱情而勇敢奋斗的新女性了，她抛弃了经五四新思想洗礼的新的生活方式和态度，把自己变成了涓生的附属品。在这段两性关系中，这样的子君对于涓生来说不再是能共同生活的伴侣，而转变成他生活的沉重负担，会将他拉入黑暗的虚空世界。在子君这里，涓生做出了最后的努力，他努力让她回忆两人曾经谈论过的新生活、新思想，回忆当时阅读外国名著时心头产生的澎湃激情，回忆两人曾经的精神指引，但这些对子君来说已经很遥远、很陌生了，她始终沉浸在自己的世界中，关心的只是涓生是否还如当初一般爱她。

"是的。"她又沉默了一会，说，"但是，……涓生，我觉得你近来很两样了。可是的？你，——你老实告诉我。"

我觉得这似乎给了我当头一击，但也立即定了神，说出我的意见和主张来：新的路的开辟，新的生活的再造，为的是免得一同灭亡。

临末，我用了十分的决心，加上这几句话：

"……况且你已经可以无须顾虑，勇往直前了。你要我老实说；是的，人是不该虚伪的。我老实说罢：因为，因为我已经不爱你了！但这于你倒好得多，因为你更可以毫无挂念地做事……。"

我同时豫期着大的变故的到来，然而只有沉默。她脸色陡然变成灰黄，死了似的；瞬间便又苏生，眼里也发了稚气的闪闪的光泽。这眼光射向四处，正如孩子在饥渴中寻求着

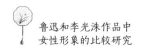
慈爱的母亲，但只在空中寻求，恐怖地回避着我的眼。①

　　子君终究还是被抛弃了，她没有为自己辩解一句，或是鼓起勇气再抗争一次。她不再挽回她的爱情和生活，她恐惧现实，恐惧生活，恐惧一切，同当时千千万万受封建伦理道德压迫的女性一样，沉默着接受了惨烈而无情的命运。子君的父亲来把她接走后，涓生就再也没有见过她了。临走前，子君为涓生留下了所有的钱和家当，付出了自己拥有的一切。在不久之后，涓生就从朋友那里得知了子君死亡的消息。子君究竟是因病而亡，还是自杀身亡，小说中并没有说明，但可以肯定的是子君最终定然死得绝望。

　　在追求自由爱情的坎坷道路上，子君以知识女青年的身份、以勇敢无畏的态度同封建家庭毅然决裂，反抗封建传统家庭的包办婚姻，为自己争取到自由和追求爱情的权利。但是，在子君和涓生冲破当时的世俗阻碍成功同居之后，子君很快就陷入生活中的一系列琐事中，同涓生再无话可说，更同当时社会上的进步思想逐渐脱节。此时，她的状态已然回归于当时封建传统妇女的角色，依附男性生存，丧失自己的态度和想法，注定被急速前进中的社会和生活淘汰。尽管子君在早期作为知识新女性接受了新观点、新思想，但她的思想意识仍然没有发生彻底的转变，自以为只要摆脱家中为她安排的婚姻，离开原有的封建家庭，就已经实现了新生活。同居后，子君没有要求独立的经济地位，逐渐失去了人格的独立，过着依附涓生的麻木生活，从"我是我自己的"变成"我是涓生的"。子君思想状态和生活状态的陡然改

① 《鲁迅全集》修订编辑委员会：《鲁迅全集》(第二卷)，人民文学出版社 2005 年版，第 126、127 页。

变让她逐渐丧失了对生活和爱情的信心，她丢失了原先的勇气，丧失了独立的人格，丧失了生存能力，失去了原有的生活目标，更成为涓生生命和生活的负担。在生活的重压下，子君最后不得不面临被抛弃的命运，成为封建制度和封建思想的又一个牺牲者。

造成子君悲剧的原因有社会的，也有个人的。

首先，时代的局限和社会的压迫注定了他们爱情的悲剧。婚姻不单是独立的问题，还同社会思想解放的程度密切相关。当时的中国虽然经历了新文化运动和五四运动，但是中国半殖民地半封建社会的性质依然没有改变。在封建思想仍然占据至高无上地位的社会大环境里，子君和涓生的"自由爱情"是不被允许、不被看好的，甚至还会受到来自社会各个方面的限制和压迫。个体精神和个性的解放虽然让他们享受到了短暂的自由，让他们成功走到了一起，但是社会却不能容纳他们，以至于他们的生活受到巨大的阻碍，经济情况严重恶化。

其次，子君个人的因素也注定她将最终走向悲剧。在时代的制约下，她对待生活和爱情的态度从一开始的勇敢无畏转变为最后的恐惧怯弱，这注定了她的"出走"和"独立"终将以失败告终。作为知识青年新女性，她拥有比祥林嫂、单四嫂子和爱姑更为自觉的进步思想意识和精神追求。在追求爱情的过程中，她大胆地挣脱社会上弥漫的封建道德习俗和父权枷锁，但是当她进入新生活后，却始终没有在同涓生的婚姻关系中找到自己的正确位置。婚后的她显示出了旧式女性的特点：日复一日地埋没在家庭琐事之中，恭顺地伺候丈夫。这样的子君失去了原有的新女性的光彩，思想更是变得平庸而短浅，同涓生之间的裂痕和差距也越来越大。当涓生说出不再爱她之后，她甚至不能为自己的幸福做出努力和争取，只是默默跟随父亲回到家中，独自

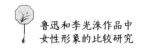
承受来自整个家庭的巨大压力，最后以悲凉的死亡结束了一生。造成子君悲剧的个人原因其实就是埋藏在她内心深处的传统封建思想价值观。与涓生同居后，她没有走出家门，去工作中寻求与丈夫同等的经济地位，在思想上也不再积极要求进步，成为对方生活的拖累，这样的子君最终也只能被生活和时代抛下。

子君这一女性形象是鲁迅在探索妇女解放道路上所创作的典型形象。在现代革命的影响下，中国女性看似已经获得了解放，但实际上她们的思想和精神依然被传统思想禁锢。不论是深受封建思想毒害的农村女性，还是接受过新思想、新教育的知识新女性，她们内心深处都把自己当作男性和社会的附属品，不仅在生活上依附他们，没有自己独立的人格和思想，而且在经济上也没有独立的地位，要依赖男性的给予。鲁迅曾提出：女性的个性解放不仅仅是婚恋自由，女性要想真正获得解放必须掌握经济自主权，在工作和家庭中取得和男性同等的地位，此时才是女性真正的解放。

四、 鲁迅和李光洙小说中的女性形象比较

　　19 世纪末 20 世纪初，亚洲各国在帝国主义的压迫下，都积极开展了民族解放运动。中韩两国几乎同时处于对内批判封建意识、对外反抗帝国主义侵略的境况，但由于两国社会意识和国情的不同，在同样都是批判封建思想，反抗帝国主义侵略的道路上，两国的知识分子各自展现出了不同的想法和认知。

　　鲁迅和李光洙是中韩两国现代文学的旗手，他们的作品引领了当时两国社会的潮流，反映了当时两国社会最为迫切的需要。从思想的角度来说，他们是启蒙者，他们各自的作品中都包蕴着强烈的启蒙意识，他们希望通过批判、引导和教育来开启民智，实现解放民族思想的目的；从社会的角度来说，鲁迅和李光洙作品中所关注的都是大时代背景下个人的精神解放和独立意识，他们希望通过个人精神的解放来进一步实现全民族的精神解放和民族独立；从文学的角度来说，鲁迅和李光洙是本国新文学时代的领军人物，对本国的文学体裁和语言运用都起到了积极的推动作用。

中韩两国在各自的新文化运动后，受西方文化的影响，开始从新的角度关注当时社会女性的诸多问题。在鲁迅和李光洙的作品中，他们塑造了各式各样的女性形象，作品中这些丰富的女性形象不仅代表了当时两国社会不同阶层、不同群体的女性，还体现了两国作家对女性问题的认知和态度。在当时的历史条件下，中韩两国关于女性问题的认知主要集中在批判封建传统礼教对女性的迫害和建立女性的独立意识上，但由于社会背景和作家个人思想的不同，鲁迅和李光洙作品中所塑造的女性形象也有所不同。正是这些不尽相同的女性形象，体现了鲁迅和李光洙在女性意识方面的不同之处。

笔者在前文中分析鲁迅和李光洙作品中的女性形象时曾简单介绍过鲁迅和李光洙各自作品的创作背景，本部分将通过进一步分析和比较两者的生平，以及结合中韩两国当时的社会背景来分析两人作品中所塑造的女性形象的不同，并分析总结两位作家的女性意识。

1. 社会背景和初期生平的异质性

（1）社会背景的差异性

20 世纪初，中韩两国都遭受到了帝国主义国家的侵略，在同帝国主义签订的一系列不平等条约中逐步丧失了国家的各项主权，国家、民族和人民陷入了深重的苦难。两国长期以儒家思想为统治思想，并建立了以儒家思想为核心的封建统治制度。随着资本主义经济的全球扩张，西方帝国主义在两国的侵略行径严重冲击了两国的政权和经济制度，客观上也为两国引入了西方的先进文明和一系列民主进步思想，占据两国数千年统治地位的封建制度最终走向灭亡。在封建制度崩溃后，当时已然接受西方进步思想和理念的两国知识分子开始思考国家和民族未来的道路。对内宣扬西方进步文明、改造本国国民落后的思想意识，对外抵抗帝国主义侵略、挽救民族于危难之间成为两国知识分子共同的奋斗目标。一时间，两国国内都自发组织起挽救民族危亡的爱国运动，扶持民间资本经济发展以加强经济实力，通过舆论宣扬西方进步思想，派遣大量留学生到西方国家学习现代科学和思想理念成为两国进行社会改造的重要手段。但是，由于具体国情和社会条件的差异性，两国在这一时期呈现出了不同的社会状态。

首先，西方帝国主义国家对两国实行的侵略分别在两国造成了不同的结果。1840年，中英签署中国历史上第一份不平等条约《南京条约》之后，西方各国开始在中国实行不同程度的政治干涉和经济掠夺。由当时设立在中国上海的各个国家的租界地区可以看出，当时半殖民地半封建社会的中国一直处于被帝国主义国家共同侵略的状态，即使在全面爆发抗日战争，日本成为当时侵略中国最大的帝国主义国家之后，其他西方帝国主义国家在中国的侵略仍然占据了一定的比重。这种"分而食之"的状态也间接造成了西方各国的文化思想以较为均衡的状态被当时的中国知识分子所接受，没有出现单一文化强势输入的情况。但是，同中国情况不同的是，西方帝国主义在朝鲜半岛实行的侵略却呈现出了以日本为中心的局面。

1895年，日本作为甲午战争的胜利方强迫当时的中国政府签订了《马关条约》，在这份条约中，中国被迫承认日本对朝鲜半岛实行控制。虽然在战争前，西方各国列强已经通过商品输出的方式对整个朝鲜半岛实施大规模的经济掠夺。战争后，列强开始对朝鲜半岛的矿山、铁路等重要经济资源展开掠夺。但从总体上看，日本在朝鲜半岛的势力较其他西方列强更大。1895—1910年，在韩国的对外进出口贸易总额

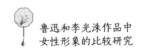
中，日本占据了绝大部分，日本从韩国大肆掠夺供本国资本主义发展所需的粮食和工业原料，韩国成为帝国主义国家尤其是日本的商品倾销市场和原料供应基地。1904年日俄战争后，日本正式成为韩国的"保护国"，日本将对韩国的军事介入合法化，美国承认日本作为韩国宗主国的地位。1905年，日韩两国之间签订《乙巳条约》，韩国完全丧失作为一个拥有独立主权国家的自主性。1910年，《韩日合并条约》签订，标志韩国正式被日本吞并。日本对韩国的吞并行为不仅使韩国完全丧失了独立自主的权利，造成其政治、经济和军事的重大损失，也使得日本文化在韩国形成了单一输出的态势，日本文化从此深入韩国社会生活的方方面面，更是深入韩国普通民众的思想中，日本文化的"单一输入"也是造成一些韩国知识分子日后成为"亲日派""亲日分子"的重要原因之一。

同样是面临帝国主义列强的侵略，中国和韩国之间最大的不同是韩国最后被日本并吞，完全丧失了国家主权，这是韩国近现代革命中民族独立意识占据绝对主导地位的原因之一，而中国当时同时遭到帝国主义、封建主义、官僚资本主义的压迫，因此社会意识除了反帝国主义争取民族独立外，还有强烈的反封建意识。当时中国一些知识分子甚至认为最重要的目标就是改造国民性，这样才能建立全新的民众意识，以发展中国的政治、军事和经济力量，抵抗外来侵略。

其次是中韩两国国情的不同。列强对中国国土的实际占领主要集中在几个较大的城市，比如北京、天津、广州、南京、上海和东三省城市等，所以这几个区域相对也是最先爆发改良运动、发起启蒙思想运动的地区。当时中国的新兴民族企业和大学主要集中在天津、广州和上海等城市，为发展启蒙运动和爆发城市革命奠定了经济基础和思想基础。但是，中国国土广阔等原因使得在这几个城市掀起的启蒙运动和思想潮流只被当时少部分人了解和接受，占中国国土面积绝大部分的内地农村仍旧处于蒙昧的状态，无法跟随大城市的思想潮流相继掀起革命运动，例如推翻清王朝统治的辛亥革命主要集中爆发于广州、武昌和南京等地。同时，帝国主义侵略造成的影响也更加集中在沿海城市，身处内地的群众仍旧处于单一的封建意识统治之下，对西方帝国主义的侵略感受并不明显。当时中国的进步知识分子主要集中在大城市或者各个大学中，所以这些城市也是最早爆发启蒙运动的地区，例如五四运动就是由北京的青年学生组织的进步运动。相对于大城市的青年知识分子，占据中国人口绝大部分的农民对于西方进步思想理念则几乎处于无从认知的状态。总的来说，中国的启蒙运动和反抗列强侵略的运动在地理上有不可避免的局限性，这也是即使是在推翻封建政治制度后封建思想意识仍然占据旧中国社会中心地位的主要原因之一。

相较于中国的局限性，韩国的抵抗运动有较为一致的连贯性。由于朝鲜半岛三面环海，其全境的通商口岸分布均匀，列强对韩国的侵略同时分布在其国内的各个地方，使得各地民众对列强的侵略爆发出了抵抗的一致性。由于朝鲜半岛地理空间的局限性，日本扩大在韩国的侵略范围之后，以京城（今韩国首尔）为中心的抵抗运动也有了逐渐向全国扩散的趋势，各地相继爆发了义兵运动。这样，反抗以日本为主要对象的抵抗运动逐渐发展成为全民族的抗日救国运动。相比较而言，抗日战争前，中国的抵抗运动只发生在为数不多的城市中，而韩国的抗日救国运动始终遍及全国。

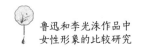
再次是社会意识的不同。1894 年朝鲜李氏王朝时期爆发了东学农民运动，这是一次反帝、反封建的农民运动，它沉重打击了封建王朝的统治，动摇了封建意识统治的根基。东学农民运动不同于以往旧式的农民运动，在资本主义经济全球扩张的时代，它不单是反抗封建统治，同时也融入反抗帝国主义侵略的潮流中。这场运动主要还是反抗封建势力对人民的残酷统治，虽然运动最后以失败告终，但仍然让广大群众认识到了封建制度的残酷和虚弱本质。通过东学农民运动，大部分民众都意识到了封建制度带来的不公和压迫，使得反封建的思想意识得以在全社会奠立。但是随着国家主权的彻底丧失，主流社会意识由反封建转移到了反侵略和争取民族独立上。而在中国，反封建却始终占据社会斗争意识中的重要位置。辛亥革命虽然推翻了封建王朝的统治，但是革命的不彻底性，以及受到革命发生区域的限制，再加上封建意识仍然牢牢占据中国社会的主导地位，使得这场反封建革命在广大群众中造成影响实在有限。虽然中国的进步知识分子在接触西方进步文明的过程中意识到了封建思想对人民群众的压迫和毒害，开始通过舆论、著书、集会和演讲等方式宣扬进步思想以抵抗传统的封建意识，但是由于国土空间广大的关系，大部分内地城市和广大农村地区仍处于闭塞的状态，使得反封建取得的成效没有达到理想的状态。一些知识分子主张通过宣扬西方进步思想来反抗封建意识。历史上，梁启超、孙中山等人都提出过在中国建立资产阶级政权，但是由于封建意识在中国根深蒂固，他们的主张从未实现过。抗日战争爆发前，反封建主义一直是社会意识革命的中心。

最后是地区意识的不同。由于地理位置的原因，韩国城市和乡村的发展一直处于较为均衡的状态，也正是城市乡村间的均衡发展使得城市和农村的联系较为紧密。在这种条件下，无论是革命运动还是思想潮流的传播，都能在韩国起到牵一发而动全身的效果。而在中国，区域间的发展极不平衡，城市和农村的差距尤为明显，这使得中国除了少数沿海城市在近代受到西方进步思想的影响外，其他地区仍旧处于经济落后、思想蒙昧的状态，经济的闭塞和思想的停滞严重阻碍了各个地区经济的发展和进步思想的传播，尤其是中国广大的的农村地区更为闭塞和落后，封建思想意识的影响更为严重，其自身的发展也更加缓慢。

综上所述，近代中韩两国虽然都经历了封建政权的崩溃，也都遭到了西方帝国主义的侵略，但由于种种原因，中韩两国的社会意识和革命运动发展呈现出不同的特点。在近代，随着韩国正式被日本吞并，该国人民一直在进行反侵略和争取民族独立的斗争；由于封建意识根深蒂固，进步思想的传播受到巨大阻碍，中国的反封建斗争一直在社会意识中处于重要位置。同进步思想在韩国国内易于全面传播的状态相比，中国近代城市和农村的巨大差距使得进步思想无法在农村广泛传播，农村的封建思想氛围非常浓厚。

（2）生平的差异性

鲁迅和李光洙作为中韩两国现代文学的标杆和旗手，都以启蒙者的身份，通过文学这一手段向大众传播进步意识，以期实现"改造国民性"的目的。但是由于两人身处不同的国情和社会背景，即使是在共同的目的——改造国民性的驱使下，他们各自的文学作品中所蕴含的思想意识和创作方法也有所不同。

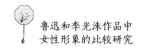

　　鲁迅和李光洙两人都是以积极的现实意识，通过文学形象反映时代变化的作家，两人的家庭背景和教育背景也都出奇地一致——鲁迅和李光洙都出身没落的封建大家庭，幼年曾辗转于亲戚之间，后来在外界的支持下赴日留学，都曾经历过一段封建包办婚姻。但是，鲁迅和李光洙在相似经历中表现出的不同点才是导致两人形成不同创作思想的主要原因。李光洙的长篇小说《无情》创作于 1917 年，鲁迅的小说则集中创作于 1923—1926 年，所以本部分主要比较两位作者前半段人生经历的不同点，以便分析两人在作品中塑造的女性形象的不同点。

　　① 家族的负担和自我提升之路

　　鲁迅，本名周树人，1881 年出生于浙江绍兴一个官吏地主家庭。他的祖父是清朝的进士，后来当过知县。父亲是知识分子，没有做官。母亲鲁瑞出身名门，曾读过书，是受过教育的女性。鲁迅出生的时候，虽然家族已经没有了原来的权势和财力，但仍然还留有不少田地，可以依靠收租维持生计。鲁迅是家里的长子长孙，所以家人相当重视对鲁迅的培养。鲁迅从小学习中国古典文化，1892 年正式进入三味书屋读书。1893 年，鲁迅的祖父周介孚因事入狱，父亲周伯宜病重，家道中落，不得不举家搬至乡下避难，鲁迅开始遭受身边亲戚的冷待，感受到世间炎凉。1896 年，鲁迅在父亲死后，由于族内亲戚的冷待，更加感叹人心不古，世道艰辛。

　　在举家搬迁至农村期间，他亲眼见到封建礼教对底层劳动人民身体和精神所造成的伤害，对农村底层劳动人民怀有深刻的同情。1898年，18 岁的鲁迅去南京江南水师学堂开始了求学之路。1899 年，他转入路矿学堂，在那里接触了新式教育，开始阅读《天演论》等作品。彼时，随着戊戌变法失败、八国联军攻入北京、清政府被逼签订《辛丑条约》等事件的发生，中国人民身上承受的灾难更加深重。鲁迅亲眼见证了这段历史，深切地感受到底层劳动人民的痛苦和挣扎。1902年，从矿路学堂毕业的鲁迅由于成绩优秀，得到公费支持前往日本留学。

李光洙，又名宝镜，号春园、长白山人、孤舟等，笔名有堂白、京西学人等。他 1892 年出生于朝鲜半岛平安北道定州郡一个没落的两班家庭。他出生的时候，家族就已经破败了。李光洙的父亲이종원（音译：李钟元）早年虽然参加了大小科的考试，但均以失败告终，余生以酒相伴，哀叹自己失败的人生。出身忠州金氏的母亲在同李钟元成婚后生下了长子李光洙。李光洙 5 岁时已经能熟读汉字版的《千字文》，为祖母诵读《苏大成传》《张丰云传》等本国古典小说，8 岁时开始学习《论语》《孟子》，被邻里称为神童。1902 年八月十四日（农历），李光洙的父亲在他 11 岁时因为感染瘟疫去世，而母亲也在 8 天后离世。虽然他身边尚有祖父和叔伯，但是父母双亡让他体会到了无尽的孤独感，李光洙成了孤儿。为了生存，李光洙只得辗转于亲戚之间，以求得温饱。

1903 年 12 月，李光洙正式进入东学堂，寄宿在박찬명（音译：朴灿名）上校家里，抄写往来于东京和首尔的文件，并将这些誊写的文件分发出去。1905 年，亲日团体进步会和一进会正式合并，第二年，李光洙受到一进会的推荐，踏上了前往日本留学之路。

从这里可以看出，李光洙虽然没有出生在大城市，但也并不是在封闭偏远的农村长大。虽然早年父母双亡让他不幸成了孤儿，导致他为了维持生计不得不来往于亲戚中间，但是艰难的生活并没有让他丧失意志，他凭借自身的学识获得了赴日留学的机会。李光洙通过留学日本接受到当时西方的进步文明，深受西方进步思想和理论的影响。

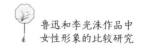

李光洙在日本结识了崔南善①等人，后者对他以后的思想和人生产生了积极的影响。留学日本期间，年轻的李光洙周围聚集了许多韩国进步青年，使其在这一时期对韩国进步青年这一群体的思想产生了深刻的了解和认识。

早年的留学期间，李光洙接触到大量当时从韩国前往日本留学的进步人士。通过接触这些新派进步人士，李光洙感受到了新式教育的力量，初步建立了通过新式教育改造民族性的意识。李光洙的目光始终聚焦在新派进步人士身上，他所接触的这些进步人士的生活方式和教育背景也成为日后创作过程中必不可少的素材。鲁迅在日本留学期间参加了大量留学生的活动，接触了很多革命者，但是，早年的农村生活让鲁迅更多地看到的是封建道德礼教对底层劳动人民的毒害，使得鲁迅的目光始终聚焦在中国最广大劳动人民身上。

从鲁迅和李光洙留学前的经历可以看出，李光洙自小沦为孤儿，几乎不用承受家族的负担，13岁就留学日本的他较早地脱离了韩国当时的社会环境，因此及早被引向了开化之路。20世纪初日本对韩国实行的政治统治和经济侵略让李光洙认识到了当时日本的强大，也认识到日本变得强大的原因在于学习当时西方的先进文明。先进文化和思想理论成为李光洙学习的唯一目标，所以在亲日团体一进会的推荐下，李光洙开启了日本留学生涯。这是李光洙第一次赴日留学，不可否认的是，李光洙通过留学日本在一定程度上实现了身份上升，也通过学

---

① 崔南善（1890—1957）：号六堂、南岳主人、曲桥人、六堂学人、大梦、逐闲生、白云香徒，原本是韩国民族独立运动家，但后来变节，是日帝强占期（日本帝国主义强制占领韩国时期）的诗人、翻译家、历史学家，同春园李光洙、碧初洪命惠并称为韩国的"东京三天才"（三人都有留学日本的经历），是韩国历史和文艺理论的奠基人之一，但由于变节，和李光洙被称为亲日派行动者，受到了历史的批判。

习先进的西方文化意识到了韩国社会亟待改变的事实。总的来说，李光洙赴日留学既为公，更为己。而鲁迅同李光洙的情况则大为不同，鲁迅作为家族的长子，在家族衰败后一直背负家族的重担，加之鲁迅求学期间国运不济，列强的欺压和清政府的腐败无能使得民不聊生。在农村生活过的鲁迅更是亲眼看到了旧中国封建思想压迫下底层劳动人民困苦的生活，深刻感受到了世事艰难。怀揣着家族和民族的沉重负担，鲁迅踏上了日本求学之路。鲁迅在日本"弃医从文"的行为就是接受西方进步理念后思想发生巨变的证明。鲁迅在日本经过一段时间的学习，意识到改造中国国民性的根本不在治疗民众的身体疾病，而是需要治疗中国人思想中深埋已久的"痼疾沉疴"。同李光洙不同的是，从一开始，鲁迅就是抱着救国救民的拳拳之心开启自己的赴日求学之行的。

鲁迅是由政府公费派往日本留学的知识分子，而李光洙从一开始接受的是韩国亲日派团体一进会的资助前往日本，这两者之间有着本质的不同。中国将民族振兴的希望放在鲁迅为代表的有志青年身上，期盼他们学成归来建设国家，所以从一开始，这群青年就身负救国救民的重任远渡重洋。李光洙则不同，当时亲日派团体在韩国大量寻找知识青年远赴日本求学，其目的在于进行思想渗透，让这些接受资助的韩国知识青年回国后成为宣扬日本帝国主义思想的武器，帮助他们进一步"驯化"当时的韩国国民，以做表率。另外，在当时接受亲日派团体资助的知识青年中，有相当一部分青年并不是抱着救国救民的想法前往海外求学的，而是期望通过留学日本改变自身在韩国的命运，实现社会阶层的跨越，求得身份地位的上升。所以从一开始，鲁迅和李光洙的思想就存在根本的差异。虽然两人成长阶段都经历了家族的

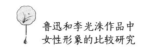
衰败，见识了世事冷暖，但鲁迅始终怀揣救国救民之心，同李光洙进
步思想下隐藏的私心是有本质的不同的。

②婚姻和爱情经历的不同

鲁迅和李光洙不仅家庭背景和赴日留学经历相似，就连婚姻经历
也有相似之处——他们都曾是封建包办婚姻的牺牲者。

鲁迅的合法妻子朱安是母亲为他安排的结婚对象。1906年，鲁迅
在日本接到母亲让他回国完婚的电报，但鲁迅不愿娶这个他未曾见过
一面的陌生女性。于是母亲再发电报，内容为：母病速归。鲁迅匆匆
回国，等待他的便是一场不幸的婚礼。1906年，鲁迅以旧式婚礼迎娶
了朱安。新婚4天后，鲁迅借口"不能荒废学业"，迅速返回日本，直
到1909年回国。鲁迅对朱安没有任何感觉，只把她当成母亲送给自己
的"一份礼物"，但爱情是他"所不知道的"。

鲁迅作为家族的长子、母亲的孝子，不得不迎娶朱安，但他一生
都没有同朱安圆房，也没有孩子。鲁迅把朱安视为封建遗物，对她是
憎恨的，但也是同情的。所以鲁迅即使和许广平同居后，也没有同朱
安离婚，因为他知道，一旦同朱安离婚，按照旧时观念，朱安是绝对无
法生存下去的。这是鲁迅作为家族长子和男人的责任，也是他的无奈。

1925年，鲁迅在北京女子师范大学任教时结识了学生许广平。1925
年3月，鲁迅收到一封特殊的来信，信中向他求教"中国女子教育的
前途"等问题，署名是：受教的一个小学生许广平。鲁迅当天就回了
信，这封回信令许广平非常开心。在多次信件往来中，鲁迅和许广平
默默地展开了他们的恋情。1927年10月，鲁迅和许广平在上海同居。
那一年，鲁迅46岁，许广平28岁。朱安与母亲依然住在北京的家，
由鲁迅提供生活费用。

在遇见许广平之前，鲁迅的爱情生活是虚无的。他不爱朱安，两人也没有夫妻之实，朱安只是鲁迅给家族的交代、给母亲的交代。但是，随着许广平的出现，44岁的鲁迅才开始感受到爱情的甜蜜和滋润。一开始，鲁迅对自己同许广平的这段感情是发自内心地抵制的，认为起初再如何激烈的爱情，到最后依然会被社会的旧观念埋葬，被自身的不足和胆怯埋葬。但是在许广平的执着追求下，鲁迅最终还是接受了这段迟来的感情。

同样，李光洙也有过一段自己极不情愿的婚姻。李光洙在日本留学期间同医学专科学校的新女性许英肃谈恋爱，同时也和美术学校的留学生罗慧妫进行男女交往。但其实早在1910年，李光洙就已经同来自水原的白慧顺结婚了。李光洙第一次留学日本回国后，他开始在国内担任教师。那个时候，祖父李建圭的去世、教师工作和生活的苦闷让李光洙产生了非常消极的情绪。在这样的苦闷情绪作用下，李光洙通过媒人介绍，于1910年7月同白慧顺正式结婚了。

关于这场初婚，春园始终都保持回避的态度，未曾给出任何合理性的解释，使得他的这次初婚直到现在都充满了重重谜团。首先，这场婚姻的动机究竟是什么，再加上这场婚姻着实异常突兀；然后，虽然当时仍然还有早婚的风俗，但是已经经历过日本留学，学习了新学问且开明的李光洙再怎么说也能被称得上当时的社会精英，按说是不可能会同一位连面都尚未见过的女性结婚的，这也是实在让人费解之处。当时春园的境况也不是到了非结婚不可的地步，这场婚姻不得不被认为是他生命中充满了谜团的部分。但是春园自己都承认这场婚

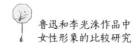

姻确实是非常轻率冒失的，所以在结婚三日后再次前往日本。
在日本的李光洙下定决心要好好爱自己的妻子，所以在第二
年，他利用放假期间回国探亲，但李光洙的决心只让他坚持
了短短三日，结果在假期尚未结束时就再次匆匆返回日本。①

　　李光洙称这场婚姻是"令人不快且鲁莽的婚姻"②，称他的妻子是
"没有爱情的妻子"③。"对于这场初婚，春园终此一生都未对此做过任
何合理性的解释和说明。"④在第二次赴日留学期间，李光洙同医学生
新女性许英肃展开了恋爱。就像李光洙小说《无情》中的男、女主人
公李亨植和金善馨一样，两人进行着以共同的思想和目标、以爱情为
基础的恋爱。1918 年，李光洙同妻子白慧顺离婚，并将和许英肃的恋
爱正式公之于众。1921 年，李光洙在韩国正式同许英肃结婚。

---

① 原文：이 초혼에 관하여 춘원은 줄곧 논리적 설명을 회피하고 있는데
춘원의 초혼의 관한 부분은 아직도 수수께끼로 남아있는 부분이 적지
않다.우선 혼인의 동기가 명확지 않았고 게다가 너무나 갑작스런
결혼이었다는 점이다. 조혼의 풍속이 남아있던 시절이라는 것을
감안하더라도, 일본 유학까지 했고 신학문을 습득한 당시로서는 개명한
엘리트라고 볼 수 있는 춘원이 얼굴도 한 번 보지 않고 결혼을 했다는
것은 납득하기 어려운 부분이다.당시의 춘원에게 결혼하지 않으면 안 될
만한 무슨 절박한 사유가 있었던 것도 아니었다.이것은 아직도 춘원의
생애에서 수수께끼로 남아있는 부분이 아닐 수 없다.하지만 춘원 스스로도
경솔한 결혼이라고 밝혔듯이 결혼 직후 3 일만에 일본으로
떠났고, 일분에서도 아내를 사랑해 보겠노라고 결심하지만 다음해 하기
방학을 이용해 귀국했은 때 그러한 결심을 3 일 만에 무너지고 결국 방학도
끝나기 전에 다시 일본으로 떠났다. (명혜권, 『춘원 이광수의 서지적 연구』,
중앙대학교 교육대학원 석사학위논문, 2010, p.12.)
② 原文：불쾌하고 경솔한 혼인
김윤식, 『이광수와 그의 시대 1 』, 솔출판사, 1999, p. 317.
③ 原文：애정 없는 아내
김윤식, 『이광수와 그의 시대 1 』, 솔출판사, 1999, p. 351.
④ 原文：춘원 생애에 있어 초혼은 그로 하여금 논리적 설명을 거의 포기케한
사건이었다.
김윤식, 『이광수와 그의 시대 1 』, 솔출판사, 1999, p. 317.

鲁迅和李光洙都曾有过一段自己并不想拥有的婚姻，但是最后的结局却截然不同。朱安自始至终都是鲁迅的结发妻子，虽然鲁迅没有同她生儿育女，但是对家族和母亲的责任让他必须始终维持和朱安的婚姻。同时作为一个对封建礼教恨之入骨的人，鲁迅清楚地知道朱安离婚后的下场只能是孤苦无依，直到死亡。所以，鲁迅只能在痛苦中维持同她的婚姻。然而李光洙却不同。前文讨论过，相较于鲁迅，李光洙很早就几乎完全摆脱了家族的负担和对家族的责任，独自一人开始了生活。同时，我们从小说《无情》中也可以看出李光洙对爱情的态度——两个人平等的恋爱才是婚姻的基础，如果没有爱情，婚姻就是无效的。所以面对自己不爱的妻子，即使两人在已经孕育了孩子的情况下，李光洙还是采取了决绝的手段，毅然同妻子白慧顺离婚，同新女性许英肃步入婚姻的殿堂。

2. 鲁迅和李光洙作品中女性形象的比较和对照

鲁迅和李光洙的作品都代表了中韩两国现代文学的开始，两人都是启蒙思想的代表，都是在反抗外来侵略和反封建斗争中希望通过文学改造国民性以达到教育的目的。但是，社会大环境的不同与早年生活成长环境、家族负担以及对婚姻爱情的取舍的不同，让两人在文学创作中形成了较为明显的差异。同样都是启蒙者，同样都是以反帝反封建为主题，但两人文学创作的侧重点不同，在作品中所设置的人物形象也有所不同。

鲁迅和李光洙留学日本的时间是在日俄战争后，当时日本的知识分子中诞生了一股新思想的潮流，即民主主义、民族主义、自由主义、进化论和自然主义等。鲁迅和李光洙都希望用文学的力量来破坏旧社

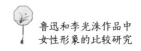

会，建立新社会，对当时愚昧的民众开启思想启蒙，这是两人的共同
点。鲁迅和李光洙对于女性问题的看法都立足于批判封建礼教对女性
的压迫和宣扬女性独立自主的个人意识的基础上，但是两人所处社会
环境和个人经历的不同使得他们在通过作品具体阐释对女性问题的态
度和看法时采取了不同的角度和方法。也正是由于两人在作品中分别
从不同的角度来表达自己对女性问题的看法和态度，两人在作品中所
设置的女性形象也具有不可避免的差异。通过比较李光洙的第一部小
说《无情》中的女性形象和鲁迅小说中的女性形象可以较好地阐释两
位作家关于女性问题的认知的不同点。

（1）女性所处的社会不同阶层

通过前文对李光洙小说《无情》和鲁迅的四篇短篇小说中女性形
象的分析可以知道，李光洙在小说中刻画的女性形象有着强烈的都市
新女性的特征，而鲁迅在小说中刻画的女性形象几乎都是处于社会底
层的劳动妇女和没有社会地位的农村女性。

小说《无情》中虽然描写刻画最多的是受封建思想毒害的女性朴
英采，但实际上作者是在用英采这一角色来衬托新女性的品质。金善
馨的内心虽然仍然遗留有一定的封建道德观念，但其自身所受到的新
式教育，以及其自身具备的新女性特质仍然在她的内心世界起到了主
导作用，并且让她在最后真正理解了李亨植的精神世界，并真正爱上
了他，同时也开启了属于自己的新生活。小说中，真正的新女性金秉
旭从一开始就以英采"教导者"的身份出场，带领朴英采彻底走出旧
式封建道德的牢笼，引导她也迅速成长为新女性。金善馨和金秉旭两
人都是自小生活在都市新式家庭的女性，从小接受新式教育。金善馨
即将同未婚夫李亨植前往美国留学，金秉旭一直在日本留学，此次只

是在放假期间回家休假，很快又将回到日本继续自己的学业。金善馨虽然是新女性，但她的思想中依然遗留了一些封建思想，她的新思想具有不彻底性。在整部小说中，金秉旭才是真正新女性的完美代表。金秉旭这个女性角色代替26岁的李光洙呐喊出了封建礼教对女性的不公，抨击了当时韩国社会对女性不公平对待的事实，呼吁女性同胞建立独立的女性意识，要求同男性平等的独立社会地位。这些进步意识是鲁迅小说中的女性很难甚至是不可能具备的特质。金善馨和金秉旭的新女性形象在朴英采这样旧女性形象的衬托下显得更加饱满而真实。同李光洙的小说《无情》相比，鲁迅四篇短篇小说中的女性形象呈现出较为单一的特征。鲁迅小说中的女性几乎都是处于社会底层的劳动妇女，她们绝大部分都是丝毫没有接触过新文化，也没有受过现代教育的农村女性。这些女性把自己的一生寄托在丈夫、家庭和孩子身上（如单四嫂子），严格遵守封建伦理纲常，深受封建传统压迫之苦而不知反抗（如祥林嫂），即使个别女性在一定程度上奋起反抗，但最终仍然是盲目的、毫无意义的，终因传统势力根深蒂固而走向失败（如爱姑）。在小说《无情》中，朴英采同样也是深受封建礼教毒害的女性代表，但是她并不像鲁迅笔下的封建女性那样几乎都以凄惨的悲剧告终，而是最后在他人（金秉旭）的影响和引导下接受新式教育，并迅速成长为新女性。其实从故事一开始，李光洙就在朴英采这个人物形象中埋下了新女性的种子。虽然在父亲的影响下朴英采从小读《列女传》，接受封建旧式教育，但她也去过新式学校相当长一段时间，并且在那里接受了新式教育。后来即使沦落成为艺妓，她也经常在桂月华的带领下去学校听进步演讲，这为朴英采后来能在金秉旭的劝导下踏上新女性的道路埋下了伏笔。小说《无情》中朴英采这个女性形象身

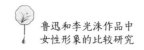

上新式思想的萌芽是鲁迅小说中的女性几乎不曾有过的特征。鲁迅小说中的女性人物大多数都以悲剧草草结束一生，她们至死都不知道正是她们卫护了一生的封建礼教导致了她们各自人生的悲剧。

鲁迅和李光洙在各自的小说作品中对不同社会阶层的女性产生关注，其中有很大一部分原因是两人各自成长的生活环境因素。鲁迅自小跟随外婆生活在农村，从小的耳濡目染让他对农村底层劳动人民的生活状态有非常深刻的认知和了解，所以鲁迅作品中的故事绝大部分是以农村为背景展开的，尤其是小说中提到的鲁镇，就是鲁迅曾经同外婆生活过的地方。鲁镇不仅是小说中的叙事空间，也是鲁迅直面底层劳动人民的地方。小说中的故事大多是真人真事的集合或者改编，这不仅增加了故事的可信度，更犀利地暴露了封建礼教残害人民的丑恶。鲁迅留日回国后虽然常年生活在北京，但是每次返乡探亲都让他深刻地认识到，即使经历了变法和革命，中国大部分地区依然被封建意识掌控，尤其是在农村这样闭塞的环境下，封建意识对人的禁锢更加触目惊心。所以，鲁迅的目光自始至终聚焦的都是底层劳动人民，加上从小对他们不幸生活和命运的目睹，他对底层劳动人民的同情和悲悯更加强烈和深刻，因此他在作品中所塑造的女性形象也大多是农村底层劳动妇女。

李光洙虽然自幼父母双亡，但是他并没有过多地接触韩国底层劳动人民，而是在 14 岁时就得到亲日团体的资助前往日本留学。在日本留学期间，李光洙所接触到的女性都是从韩国前往日本留学的进步女性，这些新女性身上所具有的顺应时代潮流的特质深深地打动并影响了他，让他对女性有了全新的认知和了解。也正是由于长期接触在日留学的韩国新女性，李光洙对这些新女性的经历和个性有了较为深刻的了解，所以在前期的小说作品中①，他所塑造的女性形象几乎都具有新女性的意识和特点。

（2）受教育程度和独立意识不同

李光洙小说中塑造的女性形象几乎都接受过一定的教育，不用说接受过正规新式教育的新女性金善馨和金秉旭，就连曾受封建礼教影响至深的朴英采小时候也上过一段时间的新式学校。而鲁迅小说中的女性大多数都是从未接受过任何教育的农村女性。同为经受封建礼教迫害的女性，朴英采和祥林嫂她们也有本质上的不同。祥林嫂、单四嫂子和爱姑头脑中的封建意识和思想是在社会长期的潜移默化中形成的，她们对自己的思想意识和行为意识并没有明确的认知，只是在盲目地跟从封建传统和意识，充当封建礼教的守卫者和牺牲者。而朴英采的封建意识则是在父辈的影响下，通过阅读传统书籍建立起来的，再加上父亲在她幼年时就已经过世，朴英采思想中的封建意识也就停留在父亲过去的教育和阅读《列女传》等封建传统书籍所形成的影响，所以封建传统意识对朴英采的毒害程度远远不及对单四嫂子、祥林嫂、爱姑这类女性。同样是受到封建思想的影响，朴英采最后在金秉旭的帮助下蜕变成为真正的新女性，而鲁迅笔下的女性却深受封建思想迫害，以悲剧结束了自己凄惨的人生。

但是，在小说《伤逝》中，鲁迅塑造了自己小说作品中为数不多的知识分子新女性形象——子君。通过小说的描写可以得知，子君作

---

① 在李光洙中后期的作品中，他对女性的认知和态度同前期作品相比出现了较大的变化。李光洙在前期作品中大力称赞和肯定新女性对韩国社会进步起到的重要作用，但是在中后期作品中，他却一反常态，改为褒奖旧式女性对家庭和社会的贡献和牺牲，认为这才是女性存在的意义和价值。目前为止，学界对李光洙前期作品和中后期作品中对女性产生截然不同的态度的原因尚未有定论，但较为普遍的认知是认为李光洙的思想仍然有较大的功利性和局限性。

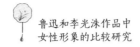

为新女性，生活在城市的大家庭中，她为了自己的爱情毅然同封建旧
式家庭决裂。在封建思想浓厚的旧中国选择离家出走，并与自己的爱
人同居。但由于封建意识仍然笼罩着当时的中国社会，子君的人生最
终也无可避免地以悲剧收场。作为新女性的子君最终依然摆脱不掉凄
惨的命运，其中不仅有社会的原因，也有子君个人的原因。五四运动
之后，青年学生作为宣传进步思想的重要力量受到社会各界的广泛关
注。但有些青年学生身上的"新"也带有不彻底性，那就是他们身上
仍残留一定的封建思想和意识。鲁迅笔下的子君就是这一时期这类青
年知识学生的代表。鲁迅在赋予子君进步青年学生身份的同时，也赋
予了她知识分子新女性的身份。在五四精神的影响下，青年学生们（如
子君）纷纷意识到独立人格的重要性，认为个人不应该依附于家庭，
而应该是独立的个体，但在他们之中，仍然有些青年学生身上残留有
封建思想的印记，这些印记从未被真正地消除过，而是在等待合适的
时机爆发。子君思想中潜伏的封建意识爆发在她和涓生同居后。子君
在封建家庭面前宣布了自我独立，毅然决然出走家庭和爱人同居，但
是婚姻和生活的琐事让她逐渐转变成为男人的附属品，她不再接收进
步思想，不再阅读进步书籍，反而越来越趋向于一名封建旧式的家庭
女性，为丈夫和家事日夜操劳。因为没有工作，没有独立的经济来源，
子君丧失了婚姻关系中平等的经济地位，也丧失了家庭和社会地位，
沦落为丈夫的附庸。当涓生冲口说出不爱她之后，她也只是默默地离
开两人同居的家，把所剩不多的财产留给涓生，选择回到了原来的封
建旧式家庭，最后步入死亡。子君其实同金善馨、金秉旭一样都是受
过新式教育的知识女性，她们都拥有独立的个体意识，但子君对爱情
和婚姻的盲目让隐藏在自己内心深处的封建旧思想主导了自己的意

识，让她在婚姻生活中逐渐转化为男性的附属品，丧失了独立的人格和意识。反观《无情》中的金善馨，虽然她也曾带有一定的封建旧思想，对父权有一定的盲从，但是她始终保留了自身的独立意识和个体意识，即使在同李亨植订婚后也依然要赴美完成学业，同时在婚姻中强烈要求自己独立的地位——只能接受一夫一妻制的婚姻。相较于金善馨，金秉旭是一名个体独立意识更强的新女性，她不仅能保证自身的独立意识不受侵害，还帮助其他女性同胞建立独立意识，去争取同男性平等的地位和权利。同金善馨和金秉旭比起来，作为新女性的子君是失败的，她盲从于婚姻和丈夫，虽有一定的独立意识，终究被封建礼教吞没。当然，子君的悲剧不单单是其自身的原因，社会因素也是重要的原因。虽然当时经历了一系列变革，但封建意识仍旧笼罩着中国的大部分区域，不仅在闭塞的农村，就是在西方文明和思想得到广泛宣扬的大城市也仍然很难说完全清除了封建意识的影响。

将子君同金善馨、金秉旭进行比较可以看出，金善馨和金秉旭所接受的新教育和新思想的程度要远远高于子君，这说明鲁迅希望通过子君的悲剧表明，女性不仅要接受新思想、新教育，形成自身的独立意识，还要在婚姻和生活中找到自己的地位，拥有独立的经济地位。而李光洙则是在批判封建礼教对女性造成精神和肉体伤害的同时，更重视新式教育对女性的作用。发表《无情》之时正是李光洙第二次赴日留学期间，当时的李光洙正透过日本新式教育积极吸收西方文化，他通过教育实现了自身的进步和身份的提升，同时他也强烈地希望通过教育来改造当时落后的韩国社会，为将来民族振兴做好思想准备。正因为李光洙当时正在日留学期间，教育的作用被很好地突显出来。在李光洙看来，日本就是因为引进了西方的先进文明，让国民接受了

新式教育，才使民族变得强大，成为先进的资本主义国家。而此时的
韩国由于落后的教育才导致无力抵抗外来侵略，被强大的日本吞并，
沦为日本的殖民地。李光洙在发表《无情》时，他已成亡国之民。以
亡国之民的身份在日本留学让他对民族的解放和独立有更加深刻的体
会。对此时此刻的李光洙来说，教育是挽救民族危亡、振兴民族意识、
改造国民素质的最好且唯一的办法，所以，在他的第一部小说《无情》
中，李光洙表现出对教育的强烈信心和希望，他认为无论是处于社会
底层地位的女性，还是受帝国主义侵略的全民族，都可以通过进步教
育来实现自身的解放。同李光洙相比，鲁迅则主要在小说中通过对女
性悲剧的书写来揭露封建制度和封建思想的本质。与《无情》一样，
本书中所讨论的鲁迅的四篇小说也同样是其本人创作生涯初期的作
品。这些作品完成于鲁迅留日回国之后，此时的他同李光洙一样通过
留学日本接受了当时西方先进文明和思想的洗礼，也正是这些新式教
育帮助鲁迅形成了自己的世界观和思想意识。但是鲁迅在小说中并没
有过多地强调教育对于改造国民性和民族性的作用。鲁迅和李光洙面
对的是不同的社会现实。韩国被日本吞并后，争取民族解放和民族独
立成为韩国社会的主导意识，韩国的知识分子迫切地探索争取民族独
立和民族解放的方法。对于当时在日本接受新式教育的李光洙来说，
教育是帮助民族获得独立最好的方法。在小说《无情》的最后，几个
年轻人看到受灾群众的惨状，萌发了想要挽救民族、挽救国家的思想
意识。这也是李光洙自我意识的写照，他希望韩国的年轻人能通过新
式教育来实现自身的成长和完善自身的思想意识，而后才能更好地回
报国家和民族，帮助民族获得独立，实现国家和民族真正的解放。李
光洙在小说最后通过李亨植的演说，带动朴英采、金善馨和金秉旭树

立教育救国观念的情节充分说明了这一点。女性在教育者的引导下认识到教育对于民族独立和改造社会的重要作用，这是鲁迅这四篇作品中没有涉及的问题，原因在于鲁迅面对的是一个深受封建思想压迫、灾难深重的中国。当时的中国社会最迫切的需要就是改造国民思想中根深蒂固的封建意识，这样才能让先进文明不单单是在少数人中传播，而且被更多的民众了解和接受。但是，中国的封建思想对社会和人民的巨大影响很难轻易消除，要想达到开启民智的目的，光靠在极少部分人中宣扬西方先进文明是远远不够的，而是要从根本上消除封建礼教对人们的影响，让人们清楚地认识到封建礼教对人精神和肉体的摧残，从而帮助人们摆脱封建意识的控制，摆脱愚昧，从而更好地接受新思想和新教育。从小目睹农村底层劳动人民悲惨生活的鲁迅不是新式教育的传播者，他选择成为一名封建礼教的批判者，让更多人清醒地意识到封建礼教对人、对社会和对民族造成的深重危害。

针对小说中的女性受教育程度有所不同这一点进行的分析可以看出，李光洙认为女性只有通过接受教育才能提高自身的认识，帮助自身摆脱封建礼教的束缚，让自己获得独立的社会地位；鲁迅则认为女性自身带有不可消除的封建意识观念，只有当女性彻底摆脱自身隐藏的封建观念，才能清楚地认识到自身的独立地位，才能进而追求平等的社会地位和经济地位。

（3）爱情意识的不同

李光洙在作品《无情》中明确表达了自己关于爱情和婚姻的态度——只有在爱情的基础上才有婚姻，如果没有爱情，婚姻是无效的。同时他认为，恋爱是自由的，婚姻也是自由的。李光洙的这一观点或多或少同他的亲身经历有关。1910 年，李光洙和白慧顺有了第一段婚姻。这段婚姻对李光洙来说是苦闷的，因为他们之间没有一丁点爱情，只有不快和厌烦。在第二次留学期间，李光洙和新女性许英肃谈起了轰轰烈烈的新式恋爱，此时正是 1917 年，李光洙正式开始创作自己的第一部长篇小说《无情》。在沉闷婚姻和激烈爱情的双重刺激下，李光洙在《无情》中非常明确地表露了自己对爱情和婚姻的态度。小说《无情》中的主人公李亨植其实就是当时作者李光洙的化身，他始终追求的是有爱情的婚姻。书中朴英采为李亨植守身 7 年，虽然这种行为令李亨植深受感动，但是李亨植自始至终没有对她明确表达过爱意。在李亨植心中，只有作为新女性的金善馨才能和自己展开思想和精神的交流，他们之间才能拥有平等的爱情，才能拥有以爱情为基础的婚姻。

同李光洙比起来，此时的鲁迅对爱情的态度是充满漠然和不信任的。同朱安的封建旧式婚姻让鲁迅充满了对爱情的绝望。鲁迅对家族的责任令他不得不迎娶朱安，但作为彻头彻尾的旧式女性的朱安同鲁迅之间没有任何共同语言，更谈不上拥有共同的理想。个人意识强烈的鲁迅不论是从思想上还是情感上都难以接受朱安，但在家族施加的压力下，他不得不让朱安成为自己名义上的"妻子"，坚持这场于他而言没有任何意义和情感的婚姻。所以，在遇到许广平之前的很长一段时间里，鲁迅对爱情的态度都是漠然的。在鲁迅的思想意识中，深受封建礼教毒害的女性对于婚姻是无奈的，是盲从的，在这样的婚姻中，爱情是荡然无存的。对于那些追求自由恋爱的青年知识分子来说，在自身所隐藏的封建思想意识和社会环境的制约下，他们向往的所谓爱情最终也只能走向失败这一唯一结局。

在鲁迅和李光洙的小说中，女性对爱情所展现出来的态度也是截然不同的。在李光洙的《无情》中，金善馨在订婚前对爱情是充满美好期待和向往的，她会幻想自己未来的伴侣，幻想独属于自己的爱情。她虽然听从父亲的安排接受李亨植成为自己的未婚夫，但是在同李亨植的接触中，她始终都在思考自己与李亨植之间的爱情关系。之前，金善馨并不能很好地理解李亨植关于爱情和婚姻的谈话，但小说最后李亨植的那段激情演说让她在彻底了解了李亨植的内心世界后，才在内心真正确认了自己对李亨植的感情，拥有了属于自己的幸福爱情。书中的另一位女主人公朴英采虽然对李亨植的感情存有一定的盲目性，但是在经过了金秉旭的劝说后，朴英采不但认识到了自己对李亨植的依赖性，更与秉旭的哥哥产生了一种朦胧的感情，甚至还通过自己的回忆意识到自己也曾对申友善产生过好感的事实。即使是在成为艺妓的情况下，朴英采仍然在内心深处始终坚持追求属于自己的爱情。另外，小说中虽然没有明确描写金秉旭的爱情故事，但是通过她的言谈可以知道，她对爱情也是充满向往的，她向往的是平等的爱情，是不依附于任何思想、任何人的独立爱情。

在作品《无情》中，李光洙明确表达了女性对爱情的态度和向往的心态，但是在鲁迅的小说中，女性则往往是婚姻的牺牲品，更遑论爱情。对他笔下的女性来说，即便是像《伤逝》中的子君那样拥有过短暂的爱情，最后也只能被社会和自身残留的封建意识共同抹杀。在祥林嫂、单四嫂子和爱姑的故事中，她们的丈夫要么死了，要么就是在外面有情人，准备抛弃自己的妻子，从她们的身上几乎感觉不到爱情，只有婚姻、家庭和社会带给她们的束缚和折磨。在作品《明天》中，从单四嫂子在丈夫死后一个人带着孩子靠纺纱讨生活，且身边没有一个娘家和婆家的亲人可以猜测，她已经没有任何亲人了，或者也可能在丈夫死后被婆家赶出家门，她的身上没有体现出关于爱情的任何特征。《祝福》

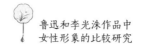
中祥林嫂的第一个丈夫比她小十几岁，从这里可以推测祥林嫂很可能
是被婆家买来当童养媳的，这样的婚姻几乎也找不到任何爱情的影子。
丈夫死后，祥林嫂被婆婆卖到第二个丈夫那里，虽然两人后来有了孩
子，但这段婚姻中依然没有任何爱情，祥林嫂只是麻木地屈服于生活
现状而已。《离婚》中因为丈夫在外面有了情人，非要同丈夫闹离婚的
爱姑也根本不是为了守护自己的爱情，而是盲目地捍卫自己的地位，
因为她是按照封建旧礼被三媒六聘正式娶进婆家的，她认为自己理应
受到封建特权的保护，她要捍卫自己在封建制度中的正统地位。《伤逝》
中，曾拥有过短暂甜蜜爱情的子君由于自身隐藏的封建思想让她在婚
姻家庭中重新沦落为男性的附庸，彻底失去了原先的独立意识，最后
还是逃不过被封建礼教吞没的凄惨命运。

结合鲁迅和李光洙两位作家的经历来说，他们作品中的女性看待
爱情的态度是截然不同的。李光洙小说中的女性敢于追求平等的爱情，
并且通过对平等爱情的理解彻底摆脱了封建意识的束缚，形成自身的
独立意识。而鲁迅小说中的女性完全没有自主的婚姻，更没有选择爱
情的权利，就算有过爱情的子君最后也葬送于个人残留的封建意识和
社会封建道德的压迫下。

3. 鲁迅和李光洙的女性意识比较

20 世纪初，西方进步思想逐渐在中韩两国社会传播。在这些进步
思想中，关于女性的教育问题开始受到社会各界的重视，女性解放和
男女平等的观念开始成为社会思潮中的重要部分。

鲁迅和李光洙几乎在同一时期留学日本，二人在日本学习期间，
日本社会正热火朝天地对托尔斯泰进行研究。托尔斯泰的重要思想之

一就是人道主义和博爱，这对鲁迅和李光洙日后的思想意识产生了巨大的影响，且他们二人在之后的作品创作中呈现的女性形象也是以人道主义和博爱思想为基础进行设置和创作的。鲁迅在小说中通过对各式各样女性的形象化描写，探讨了女性的个体意识、女性自身的封建意识和女性的平等地位等问题。李光洙也同样通过小说中对各类女性的描写揭示了当时韩国社会中普遍存在的女性问题。封建思想的积累和受外来侵略的社会背景使鲁迅和李光洙两人对社会女性问题的看法具有明显的一致性，但由于自身经历和社会背景的不同，两人的女性意识也体现出较大的差异性。

（1）关于女性地位的认识

鲁迅自幼在农村生活了很长一段时间，他目睹了众多农村女性在苦难中挣扎求生的悲惨遭遇，这让鲁迅深刻地认识到封建思想文化对女性造成的巨大伤害，从而使得鲁迅始终对农村底层女性怀有深刻的同情。由于西方文明的引进，中国社会各界都受到了不同程度的影响。但在鲁迅的眼中，封建意识深刻影响下的中国社会即便经历了一系列社会变革，底层劳动人民的思想认识和生活方式也没有发生根本性的改变。人民的生活状态和思想意识依然受到封建思想的支配和压迫，尤其是在闭塞的农村，这种情况则更加严重。随着西方女性教育理念的发展，中国有越来越多的女性接受了新教育，但是她们的地位依然没有获得根本性的改变，女性仍然在社会的最底层挣扎求生。

李光洙生活的韩国与中国同属于儒家文化圈，也共同经历了漫长的封建社会，封建意识在很长时间里都占据着主导地位。近现代韩国受到西方文明的影响和冲击，女性问题成为社会关注的中心问题之一。同时，由于韩国在 20 世纪初被日本强制吞并，女性这一群体也迅速成

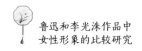
长为社会的有生力量，为民族的独立做出自己的贡献。但由于长期受到封建意识的作用和影响，韩国女性的地位一直处于社会最下层是不争的事实，即使在部分女性由于接受新教育，为挽救国家和民族迅速成长为新女性的同时，社会中绝大部分女性依然在社会最底层挣扎求生。

①虽然名义上是一家人，但实际上女子要比男子卑贱千万层，是异种族的存在，女子的地位也只比家中的猫狗高出几寸而已。……总的来说，这种男尊女卑的思想是中国的流毒，三从之义，七出之恶，女不言外，不事二夫这样的东西，就像是诅咒一般，让千千万万的朝鲜女子遭受惨烈的痛苦，沦落为禽兽和奴隶。①

②"天有十日，人有十等。下所以事上，上所以共神也。故王臣公，公臣大夫，大夫臣士，士臣皂，皂臣舆，舆臣隶，隶臣僚，僚臣仆，仆臣台。(《左传》昭公七年)"

但是"台"没有臣，不是太苦了吗？无须担心的，有比他更卑的妻，更弱的子在。而且其子也很有希望，他日长大，升而为"台"，便又有更卑更弱的妻子，供他驱使了。如此连环，各得其所，有敢非议者，其罪名曰不安分！②

---

① 原文：名雖一家族이나 女子는 實로 男子보다 千萬層 卑底한 異種族이라，其 地位가 犬貓보다 高하기 不過 數寸이로다. …… 總히 如此한 男尊女卑의 思想은 中國의 流毒이니，三從之義라 하며，七去之惡이라하며，不言外라하며，不更二夫라 함이 五，六百年 間 數萬萬 朝鮮女子로 하여금 禽獸奴隸의 慘毒한 苦痛을 受케 한 呪文이라. (이광수, 『 朝鮮家庭의 改革』)

②《鲁迅全集》修订编辑委员会，《鲁迅全集》(第一卷)，人民文学出版社 2005 年版，第 227、228 页。

上面两篇引文中，① 来自李光洙的论述《朝鲜家庭的改革》，② 来自鲁迅的杂文《灯下漫笔》。由引文可以知晓两位作家对本国女性社会地位的认识和评议。在李光洙看来，旧时女性的地位同男性有着天差地别的差距，她们同牲畜是同一等级的存在，几千年来一直受到封建意识的压迫和伤害。鲁迅认为，在旧时的社会伦理制度下，虽然按照地位的高低把整个社会阶层分为十个等级，但是女性却被排除在整个社会体系之外，是比末等还要末等的存在，女性永远只能处于整个社会的最底层。正因为鲁迅和李光洙都认识到了女性社会地位的不合理，见识到了封建制度对女性的压迫和伤害，他们对解放女性这个问题也才更加重视，他们迫切希望女性能够从封建意识的压迫下迅速解放出来。

（2）关于封建道德对女性的禁锢的认识

同所有的社会意识形态一样，封建意识也拥有与之相匹配的伦理价值道德观。然而，封建伦理道德对女性的压迫是最惨无人道的，它不仅限制了女性的精神和思想，而且压制了女性的本能欲望，让她们在下意识中成为封建伦理道德的牺牲品和卫道者。

① 三从之道，指的是女子的一生必须服从于自己的丈夫和儿子，七去之恶定下了丈夫可以抛弃妻子的种种条件，实际上也表明了妻子只是丈夫的附属品。男子结多少次婚，娶多少次妻子都是可以的，但是女子结婚后却决不能另嫁他人，这点就表明了男子和女子之间作为人的价值的差别。贞操只针对于女子，而男子却可以任意娶小妾，女子需要对男子尽自己的义务，但男子却不用，女子要尽的义务比男子重得多。男尊女卑是儒教夫妻关系的根本原理。男尊女卑不是对等的

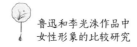

夫妻关系，而是一种主从关系，一种君臣关系……妻子的德行只需要顺从和默认，而不是站在同丈夫同等的位置上，这是绝对不可以僭越的。①

②节烈这两个字，从前也算是男子的美德，所以有过"节士"，"烈士"的名称。然而现在的"表彰节烈"，却是专指女子，并无男子在内。据时下道德家的意见，来定界说，大约节是丈夫死了，决不再嫁，也不私奔，丈夫死得愈早，家里愈穷，他便节得愈好。烈可是有两种：一种是无论已嫁未嫁，只要丈夫死了，他也跟着自尽；一种是有强暴来污辱他的时候，设法自戕，或者抗拒被杀，都无不可。这也是死得愈惨愈苦，他便烈得愈好，倘若不及抵御，竟受了污辱，然后自戕，便免不了议论。万一幸而遇着宽厚的道德家，有时也可以略迹原情，许他一个烈字。可是文人学士，已经不甚愿意替他作传；就令勉强动笔，临了也不免加上几个"惜夫惜夫"了。②

---

① 原文：三從之道는 女子의 一生이 父와 夫와 子에게 服從함을 가르친 것이요, 七去之惡이라 하여 夫가 妻를 버릴 수 있는 條件을 定한 것은 妻는 夫의 一附屬物인 것을 表함이요. 男子는 몇 번이든지, 娶妻할 수 가 있어도 女子는 再嫁함을 不許함도 男子와 女子의 人的 價值의 差別임을 示함이요. 貞操도 女子에게만 있고 男子는 蓄妾을 하여도 關係없음도 女子가 男子에게 대한 義務가 男子가 女子에게 對한 義務보다 重한 標입니다. 이렇게 男尊女卑는 儒教의 夫婦關係의 根本原理외다. 男尊女卑인지라 夫婦의 關係는 對等의 關係가 아니오. 主從의 關係며 君臣의 關係니 ……妻의 德은 오직 順從이요, 默認이며 決코 夫와 對等의 地位에 서려는 僭濫을 犯해서는 아니됩니다. (이광수, 『新生活論』)

② 《鲁迅全集》修订编辑委员会，《鲁迅全集》（第一卷），人民文学出版社 2005年版，第 122 页。

鲁迅和李光洙通过揭示封建道德的本质来加速推动女性独立意识的觉醒，为解决男女平等问题打下了一定的思想基础。虽然他们关于封建伦理道德对女性的压迫和禁锢有共同的认识，但是侧重点却有所不同。引文①来自李光洙的《新生活论》，由引文和小说《无情》中对女主人公朴英采念念不忘的封建伦理道德的相关描述中可以看出，李光洙揭示和抨击的主要是封建伦理道德中的贞操观对女性造成的巨大伤害。由小说可以看出，朴英采在沦落为艺妓后，除了四处寻找李亨植外，唯一执着和坚守的就是自己引以为傲的贞操，在她心里，贞操远比自己的生命更加重要，一旦丧失贞操，自己就只能以死明志。而由引文②可知，鲁迅主要揭示了封建伦理道德和封建特权结合后对女性造成的长久而巨大的伤害。通过鲁迅小说中描写的女性人物形象可知，封建特权一旦同封建伦理道德相结合，身处于社会最底层的女性只能在黑暗中变得更加愚昧和麻木，这些女性不仅成为封建伦理道德和封建特权的牺牲品，更是在下意识中成为这些封建伦理道德和封建特权的卫道者。

　　总的来说，鲁迅和李光洙都深刻地认识到了封建伦理道德对女性身心所造成的巨大伤害，但两人的侧重点略有不同：李光洙主要揭示的是封建思想贞操观对女性身心的禁锢，鲁迅主要揭示的则是封建特权在同封建伦理道德结合后对女性所造成的巨大伤害。

　　（3）关于婚姻中独立意识和经济独立的认识

　　前面讨论的主要是鲁迅和李光洙对女性问题的态度，主要是以女性为中心来进行讨论，然而婚姻却是男女双方共同的问题，不再是女性独自面对的问题。

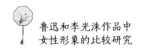

李光洙第一次婚姻的不幸使他对婚姻问题的认识变得更加深刻。在李光洙的思想中，婚姻和家庭的不幸是由婚姻的盲目性造成的。在封建意识主导的社会中，男女双方的结合不是以男女之间热烈的感情为基础，而是完全由父母的意志来决定，对李光洙来说，这简直就像牲畜的买卖一样简单且无理。

"让我的女儿做你的儿媳妇吧。""来呀，我的儿子就来当你的女婿。哈哈。"两人一边笑着，一边喝着药酒，推杯换盏间，一桩婚姻就已经成立了，"女儿"和"儿子"一生的命运就这样被草草决定。婚姻难道不该是成年男女自我意识主导下的契约行为吗？①

上面的引文来自李光洙的论述《婚姻论》。从中我们可以看出，封建时代的父母可以丝毫不顾及婚姻当事男女双方的个人意志，而是完全以自己的意志来安排当事人一生的命运。这在当时整个社会是最普遍的现象，深受其害的李光洙对这一现象感到深恶痛绝。李光洙同一个自己完全不了解的女性结了婚，完全享受不到爱情和婚姻的甜蜜。没有感情基础的婚姻是造成李光洙婚姻生活不幸的重要原因之一，他也正是在亲身经历了这样不幸的婚姻后才更加深刻地意识到感情基础对婚姻的重要性。毫无任何感情的婚姻，不仅对自己来说是不幸，对女性来说则更甚。所以李光洙一再强调婚姻一定要以爱情为基础，以

---

① 原文："내딸을 내 며느리로 다고.""오냐. 내 아들을 내 사위로 삼으마. 하하."하고 웃고 藥酒나 한 잔 같이 노느면, 이에 婚姻이 成立되어 '딸'과 '아들'의 一生의 運命이 決定되는 것이외다. 大抵 婚姻은 成年된 男女의 自意로 할 契約行為외다. (이광수, 『婚姻論』)

男女双方的共同意志为基础，不能由任何人来包办。李光洙在《早婚的恶习》中重点分析了早婚带来的巨大危害，文章中他提出要尽快废除早婚这一社会陋习，他认为早婚是社会的大罪，易造成无法估量的危害。李光洙在他的作品中不仅明确表达出自己对婚姻的态度，还专门针对女性在婚姻和爱情中的问题做出了指导。

1. 为了健康，一定要注意卫生，运动，营养和生活的规律。

2. 要学习朝鲜历史，朝鲜语，朝鲜文学，朝鲜新闻，要学会思考朝鲜的未来。

3. "初恋最好就是自己的丈夫"这一点要注意遵守。

4. 严格控制不必要的浪费，无论是自身还是家庭的收支预算，一定要实行节约第一的原则，要关心民族的经济。

5. 要好好守护"我们民族的东西"。

6. 丢掉过去的内向和害羞，保持天然的性格。

7. 要随时保有不断进步的思想，随时改善自己的个人生活，家庭生活，社交生活，团体生活等，为了进步而做出的努力从来都不是容易的事。

8. 要保持阅读报纸，杂志和书籍的习惯。

9. 未婚女性要有选择另一半的权利，已婚女性要从工作中的丈夫那里获得精神上的鼓励和支持。

10. 年轻女性要为家庭，以及她所在的地方带来和平和光芒，这是年轻女性神圣的副职，年轻女性要带着愉快，自

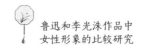
爱和谦逊，不要表现出愤怒，斥责，嫉妒和争斗。①

以上引文是李光洙发表的论说《新女性十诫命》。在文章中，李光洙强调了女性在爱情和婚姻生活中的个体意识，让女性充分认识到自己在爱情、婚姻和家庭生活中的独立地位。李光洙在强调女性独立意识和平等地位的同时，也传达了只有以爱情为基础的婚姻才能使家庭生活和谐，才能获得幸福的观念。在对于两性婚姻问题的认识中，李光洙强调的是男女间的爱情基础和婚姻中男女平等的观念，而鲁迅则更加强调女性在婚姻中经济地位的独立。鲁迅的短篇小说《伤逝》正揭示了女性在婚姻中需要独立的经济地位这一问题。同李光洙一样，鲁迅在小说中提出了男女在婚姻生活中应拥有同等地位，同时，鲁迅更加强调了女性在婚姻生活中应拥有独立经济地位。鲁迅在他的杂文《娜拉走后怎样》中明确提出了女性在两性婚姻生活中的独立地位的问题。

然而娜拉既然醒了，是很不容易回到梦境的，因此只得

---

① 原文：

1. 건강하도록 위생, 운동, 영양, 생활의 규율에 주의하시기.
2. 조선역사, 조선어, 조선 문학, 조선사건, 조선의 장래에 관하여 배우고 생각하지기.
3. "첫사랑은 남편에게" 라는 주의를 준수하시기.
4. 사치를 엄계하고 一身이나 가정에서 收支預算을 세워 절약 제일주의를 가지시되, 민족경제에 유의하시기.
5. "우리 것" 주의를 지키시기.
6. 내우, 수줍음을 던지고 天然한 인격의 계엄을 지니시기.
7. 개인생활, 가정생활, 사교생활, 단체생활, 기타에 개선을 염두에 두어 날로 때로 향상의 노력을 쉬지 맙시다.
8. 신문, 잡지, 서적을 보시기.
9. 처녀여든 배우자 선택에, 아내여든 일하는 남편에 정신적 협조를 주시기에 힘 쓸 것.
10. 젊은 여성은 가정과 그 몸이 있는 곳에 평화와 빛을 주는 것이니 첨부의 성직이니, 항상 유쾌와 자애와 겸손의 먹을 가지고 분노, 叱責, 질투, 투쟁의 형상을 보이지 마시기. (이광수, 『新女性十诫命』)

走；可是走了以后，有时却也免不掉堕落或回来。否则，就得问：她除了觉醒的心以外，还带了什么去？倘只有一条像诸君一样紫红的绒绳的围巾，那可是无论宽到二尺或三尺，也完全是不中用。她还须更富有，提包里有准备，直白地说，就是要有钱。

……

所以为娜拉计，钱，——高雅的说罢，就是经济，是最要紧的了。自由固不是钱所能买到的，但能够为钱而卖掉。人类有一个大缺点，就是常常要饥饿。为补救这缺点起见，为准备不做傀儡起见，在目下的社会里，经济权就见得最要紧了。①

五四运动以后，易卜生的《玩偶之家》经翻译被介绍到中国，一经传播便吸引了社会的巨大关注，鲁迅也是深受其影响的文人之一。与此相照应，鲁迅创作了短篇小说《伤逝》。文中的子君和娜拉一样，为了自我的独立选择勇敢地走出了家门，但是走出家门之后，等待她们的却是残酷的现实。在那个扼杀人性，没有为女性生存、独立和发展提供任何物质和精神支撑的男权社会里，死亡是子君唯一的出路。小说中，子君为自己的爱情勇敢走出封建家庭之后就停止了思想前进的步伐，沦落成为传统封建家庭中旧式的家庭妇女。然而封建顽固势力不会饶恕她"自由恋爱"这种"伤风败俗"的行为，她的命运最终也只能以死亡告终。子君虽然独立过，但是在封建腐朽思想无处不在

---

① 《鲁迅全集》修订编辑委员会，《鲁迅全集》（第一卷），人民文学出版社 2005
年版，第 167、168 页。

的旧社会的打压下，子君这样的新女性依然没有生存的权利。在小说中鲁迅深刻地指出，只要社会制度没有进行根本性的变革，女性始终不能拥有独立的经济地位，即使像娜拉一样因为个性的短暂觉醒而勇敢走到社会上，女性最终也仍然没有生存下去的能力和希望。

在女性的婚姻问题中，李光洙主要强调的是男女平等的观念。男女双方必须在尊重对方独立人格的前提下，以爱情为基础，才能拥有幸福的家庭和婚姻，在婚姻生活中，男女双方以互不干涉对方的独立意识为前提，互相尊重，互相进步。鲁迅则在婚姻中女性必须拥有个体意识的基础上更进一步强调了女性必须拥有独立经济地位的重要性，女性只有在拥有独立经济地位的基础上才能真正实现自身的独立。

（4）关于女性的教育和民族意识的认识

鲁迅和李光洙在他们的作品中都揭示了封建伦理道德对女性身心造成的巨大伤害，都宣扬女性自由与平等的社会地位，提倡女性解放个性的现实问题，但是，李光洙的作品更多是把女性教育同民族意识结合起来。面对被日本强制占领的祖国，作为在外留学的进步知识青年，李光洙把民族独立和民族解放的希望寄托在教育上，他指望通过新式教育达到开启民智、解放民族的目的。在解放全民族的艰巨任务面前，女性也必须摆脱固有观念，作为新生力量迅速成长起来，肩负起和男性一样的责任，为民族的解放和独立进行斗争。由小说《无情》的最后结局可以看出，李光洙为女性赋予了与男性同样的符合时代的责任和使命，女性不再单纯地为自己的成长接受教育，而是通过教育来实现对社会、民族和国家的改造，这一点也是李光洙在小说中明确指出的。鲁迅在小说中并没有明确地把女性教育同民族意识结合起来。他站在新思想、新文化的角度审视中国的传统女性，通过渲染中国女性的悲剧来批判不人道的封建传统伦理道德思想，从而提出女性解放的问题。女性接受教育是自身的发展和时代进步的成果，但是女性自身隐藏的无法消除的封建思想意识很可能让女性重新回到封建意识的控制之下，重新成为封建伦理道德的奴隶。同时，女性在此期间接受的教育对女性个体发展的帮助始终有限，女性只能再一次沦落为封建礼教的牺牲品。鲁迅通过自己的作品指出，只有进行彻底的反封建，女性才能获得真正的解放，才能实现自身真正的价值。

总的来说，鲁迅主要是站在反封建的角度提出女性的解放问题，李光洙则是从教育的角度提出女性接受教育对民族解放和独立的意义。

五、 结　语

　　中韩两国在儒家文化的影响下共同经历了漫长的封建社会，封建意识作为社会的中心意识影响了社会的方方面面。到近现代，伴随西方资本主义经济的全球扩张，处于落后封建社会的中韩两国遭到了帝国主义列强的压迫和剥削。面对国家和民族的危难，两国的知识分子不堪忍受亡国灭种的痛苦和屈辱，在西方进步思想的影响下发起了各种体制改良运动、思想启蒙运动和民族救亡运动，在改造国民性和民族性的基础上抵抗外来侵略，摆脱国家积贫积弱的现实，建立独立自主的民族国家。其中，文学作为思想启蒙的重要组成部分，是知识分子表达自我见解、传播进步思想、宣扬独立意识的重要手段之一。而在现代西方文学的影响下，中韩两国的现代文学开始有了长足的发展，鲁迅和李光洙正是中韩两国现代文学的奠基人和旗手。

　　20世纪初，在亚洲国家中，日本最早接受西方现代文化，之后迅速成为新兴的资本主义国家。为了接受西方现代文化教育，中韩两国派遣了大批留学生前往日本留学，鲁迅和李光洙就是在这一时期来到

日本。他们在日本接受了当时西方先进的思想文化，结合各自的社会背景和自身的经历体验形成各自的思想体系和文学观。鲁迅和李光洙都是启蒙思想家，是教育者，都通过文学创作对传统的封建文化、封建制度和封建伦理进行揭露和批判，并在此基础上提倡自由与平等、解放个性等现代进步理念。但由于具有不同的社会背景和个人经历，两人在共同批判封建意识和宣扬进步观念的基础上呈现出各自的侧重点和不同点，而这种差异正是由他们各自的作品体现出来。

随着启蒙运动的开展，西方现代文化中关于男女平等和女性解放等思想引起了中韩两国知识分子的高度重视。由于封建传统伦理道德意识的长期影响，两国女性在社会生活中长期受到压迫，身心都遭到极大的伤害。李光洙和鲁迅从一开始就密切关注社会女性这一群体，渴望帮助女性摆脱受压迫的命运，提高女性的社会地位，帮助女性建立自己的独立意识，让女性在社会生活中享有与男性平等的权利。所以，他们在各自的文学作品中塑造了大量的女性形象，希望透过这些女性形象让女性清楚地认识到封建伦理道德对自身的压迫，意识到自身独立和平等的重要性。但由于鲁迅和李光洙两人所处社会背景和个人经历的不同，他们在各自作品中所描写和刻画的女性形象又出现了不同程度的差异性，并通过这种差异性体现各自在批判封建意识和宣扬进步观念的基础上对女性问题认识的侧重点和不同点。这也正是本书研究的中心任务。

鲁迅的小说作品绝大部分都是以农村为背景进行创作的，小说中的人物几乎都是中国农村底层的劳动人民。鲁迅对农村的了解源于他早年对农村的印象，以及在农村生活的经验。留学回国后，他虽然长期生活在城市，内心却始终深深牵挂着农村的底层劳动人民，所以他

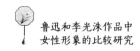

的小说作品中关于城市和城市生活的描写相对较少。

《无情》是李光洙发表的第一部长篇小说，之后他仍然继续创作了大量的小说作品。但由于后来坎坷的个人经历，李光洙的思想意识发生了一系列变化，使得他在中后期的作品呈现出同前期截然不同的思想意识和态度。所以，为了保持思想观念的一致性和所比较文体的一致性，本书选择了李光洙的第一部小说和鲁迅的四篇小说作为研究的对象。

本书以李光洙的《无情》和鲁迅的四篇小说中出现的女性形象为研究对象，以小说文本内容为基础来分析作品中女性的行为和思想意识，并结合两位作者早期的不同生活经历和各自所处的不同社会背景，总结他们各自小说中刻画的女性形象的不同点，进一步总结他们两人不同的女性意识。鲁迅和李光洙站在启蒙者、思想者和教育者的角度，在批判封建制度和宣扬进步思想理论的基础上，结合本国社会背景和个人经历，从不同的角度对女性问题进行深入的探讨。

鲁迅和李光洙是开启中韩两国现代文学史的重要人物，但不论是在中国还是韩国，关于两者的比较研究都不多，没有引起学界足够的重视。通过对两者进行比较研究，不仅能更深入地理解两位作者在文学上的艺术成就，也能对中韩两国的历史文化有更加细致和深入的了解。研究鲁迅和李光洙的文学作品，不仅是对两人艺术成就的肯定，也是更好地研究中韩两国社会思想发展的手段之一。但是至今为止，中韩两国关于两者的研究都稍显不足，这也成为中韩比较文学的一个遗憾。本书从女性形象的角度出发来考察鲁迅和李光洙女性意识的异同，对研究两人文学艺术的整体思想和艺术能起到一定的辅助作用。随着中韩两国文化交流的不断增多，可以期待今后两国学者在鲁迅和李光洙比较研究方面取得杰出成果。

参考文献

国外:

[1] 루쉰 저, 루쉰전집번역위원회 역, 『 루쉰전집 』 제 2 권, 그린비(그린비라이프).2010.

[2] 이광수, 정영훈 책임 편집, 『 무정 』, 민음사, 2010.

[3] 이광수,김철 책임 편집,『 무정 』,문학과 지성사,2019.

[4] 김윤식,『 이광수와 그의 시대 』, 솔출판사, 1999.

[5] 이중오,『 이광수를 위한 변명 』, 중앙 M&B. 2000.

[6] 권혁률, 『 춘원과 루쉰에 관한 비교문학적 연구 』. 도서출판 역락, 2007.

[7] 기진체, 「 한중 근대소설에 나타난 일본유학 체험의 비교 연구: 이광수와 위다푸(郁 達 夫)의 초기 단편소설을 중심으로」, 중앙대학교 대학원 석사학위논문, 2012.

[8] 명혜권. 「 춘원 이광수의 서지적 연구 」, 중앙대학교 교육대학원 석사학위논문.2010.

[9] 곽영미·노상래,「『 무정 』에 나타난 근대 여성 공간의 성격」, 『 한민족어문학 』,제 51 호, 2007.

[10] 김경연, 「 이광수와 루쉰(魯迅)의 비교문학적 고찰-초기 평론 및 소설을 중심으로」, 『 국어국문학지 』. 제 39 집 0 호, 2002.

[11] 배개화, 「 이광수 초기 글쓰기에 나타난 감정'의 의미 」,

『어문학』, 제 95 집.2007.

[12] 송명회, 「이광수의 소설에 대한 여성비평적 고찰: <무정>이 추구한 근대적 여성의 교양을 중심으로」,『비교문학 17 호』. 1992.

[13] 장영우, 「이광수의 근대 인식과 민족주의 사상: 『무정』을 중심으로」, 『한국어문학 연구』, 제 35 집. 1999.

[14] 정문권. 조보로, 「이광수와 노신의 여성의식 비교」, 『Comparative Korean Studies』,17 권 1 호, 2009.

[15] 정재봉, 「이광수와 노신(魯迅) 소설의 여성인물 비교 고찰」, 『비교문학』,17 호,1992.

[16] 정혜영, 「군대를 향한 시선-이광수<無情>에 나타난 '연애'의 성립과정을 중심으로」, 『우리문화』, 통권 3 호, 2000.

[17] 최병우. 「루쉰과 이광수의 소설에 나타난 인습 비판 연구: <고향>과 <소년의 비애>를 중심으로」,『한중인문학연구』 제 5 집, 2005.

[18] S. 프로이트 저, 김기태 옮김,『꿈의 해석』, 도서출판 선영사, 2011.

[19] 김시준 저, 『한국 당대 사조사』, 서울대학교 출판부, 2001.

[20] 김영구 · 김진공 공저,『중국현대문학론』, 한국방송통신대학교출판부, 2012.

[21] 미셸 푸코 지음, 오생근 옮김, 『감시와 처벌-감옥의 역사』, 나남출판, 2003.

[22] 심혜영, 『인간, 삶, 진리—중국 현당대 문학의 깊이』, 소명출판, 2009.

[23] 에드워드 사이드 지음, 최유준 옮김, 『지식인의 표상』, 도서출판 마티, 2012.

[24] 제프리 윅스 저,서동진 채규형 옮김, 『섹슈얼리티: 성의 정치』, 현실문화연구,1997.

[25] 한국문화예술위원회, 『100년의 문학용어사전』, 도서출판 아시아, 2008.

[26] 한나 아렌트 저, 이진우┌박미애 옮김, 『전체주의의 기원 2』, 한길사, 2006.

[27] 매체철학연구회 저. 『매체철학의 이해』,인간사랑, 2005.

[28] 박찬국, 『하이데커의 존재와 시간 강독』, 그린비, 2014.

[29] 김영진, 『공이란 무엇인가』, 그린비, 2009.

[30] 이중표, 『붓다가 깨달은 연기법』, 전남대학교출판부, 2015.

[31] 전효구, 『붓다와 함께 쓰는 시론』, 푸른사상, 2015.

[32] 강준철, 『꿈서사문학연구』, 세종출판사, 2008.

[33] 권용서, 『세계와 역사의 몽타주, 벤야민의 아케이드 프로젝트』, 그린비, 2009.

[34] 김상인, 『찬조적 자아』, 한국전인교육개발원, 2002.

[35] 김윤식, 『한국현대문학사』, 서울대학교출판부, 2008.

[36] 김정녀, 『조선후기 몽유록의 구도와 전개』, 보고사, 2005.

[37] 문광훈,『가면들의 병기창: 발터 벤야민의 문제의식』, 한길사, 2014.

[38] 방현석, 『이야기를 완성하는 서사패턴 959』, 아시아, 2013.

[39] 설성경, 『구운몽의 비밀』, 서울대학교출판문화원, 2011.

[40] 신동흔, 『서사문학과 현실 그리고 꿈』, 소명출판, 2009.

[41] 윤채근, 『한문소설과 욕망의 구조』, 소명출판, 2008.

[42] 이월영, 『꿈과 고전문학』, 태학사, 2011.

[43] 전영태, 『문학과사회의식』, 국학자료원, 2009.

[44] 『어제와 오늘, 이 땅의 문학』, 새미, 2010.

[45] 조재현, 『고전소설의 환상세계』, 월인, 2009.

[46] 최성만, 『발터 벤야민, 기억의 정치학』, 길, 2014.

[47] 최창록, 『환몽소설과 꿈 이야기』, 푸른사상, 2000.

[48] 한점돌, 『현대소설론의 지평모색』, 푸른사상사, 2004.

[49] 데이비드 흄, 『기적에 관하여』, 이태하 역, 책세상, 2003.

[50] 『인간이란 무엇인가』, 김성숙 역, 동서문화사, 2009.

[51] 실환 멀두운, 「유체의 실존과 유체이탈의 현상」, 『유체이탈』,
김봉주 역, 서음출판사.2010.

[52] 아리스토텔레스, 『니코마코스 윤리학』, 강상진·김재홍·이창우
역, 길, 2011.

[53] 앨런 홉슨, 『프로이트가 꾸지 못한 13 가지 꿈:
신경과학적으로 본 꿈』, 박소현 역, 시그마북스, 2009.

[54] 잭 구디, 「회의주의적 전통과 글쓰기」, 『역사인류학 강의』,
박지혜 역, 산책자, 2010.

[55] 제니퍼 파커, 『꿈과 대화하다』, 한상연 역, 생각의 날개,
2011.

[56] 재레미 테일러, 『꿈 작업을 통한 무의식의 지혜 탐색』,
이정규 역, 동연, 2009.

[57] 지그문트 바우만, 『액체근대』, 이일수 역, 강, 2009.

[58] 지그문트, 프로이드, 『예술, 문학, 정신분석』, 장정진 역,

열린책들, 2003.

[59] 『꿈의 해석』, 김인순 역, 열린책들, 2004.

[60] 질 들뢰즈, 『경험주의와 주체성』, 난장, 2012.

[61] 『소진된 인간』, 이정하 역, 문학과지성, 2013.

[62] 하이데거, 『근본개념들』, 박찬국·설민 역, 길, 2011.

[63] 공임순, 「환상적 역사 소설 연구: 신채호의 <꿈하늘>과 복거일의 <역사속의 나그네>를중심으로」, 《서강어문》, 1999 12 월호.

[64] 구재진, 「최인훈 소설에 나타난 '기억하기'와 탈식민성: 서유기를 중심으로」, 《한국현대문학연구》, 2004 6 월호.

[65] 김미선, 『근대 전환기 몽유 양식의 창작방법의 변주 양상」, 《한국언어문학》, 2010 3 월호.

[66] 김미영, 「최인훈 소설에 나타나는 신화적 이미지 고찰」, 《국제어문》, 2004 8 월호.

[67] 「최인훈의 서유기 고찰: 패러디와 탈식민주의를 중심으로」, 《국제어문》, 200412 월호.

[68] 김성열, 「고전의 변용과 구원의 궤도: 최인훈의 구운몽」, 《어문론집》, 1987 12 월호.

[69] 김인호, 「기억의 확장과 서사적 진실, 최인훈 소설 서유기와 화두를 중심으로」, 《국어국문학》, 2005 9 월호.

[70] 김주현, 「최인훈 문학의 재현방식 연구」, 《국어교육연구》, 2013 8 월호.

[71] 김찬기, 「근대계몽기 몽유록의 양식적 변이상과 갱신의 두 시선」, 《국제어문》, 20074 월호.

[72] 양금선, 「고대소설의 현대적 변용: 최인훈의 구운몽, 돌부던을 중심으로」, 《홍익어문》.1984 2 월호.

[73] 연남경, 「최인훈 소설의 장르 확장과 역사의식」, 《현대소설연구》, 2009 12 월호.

[74] 이도연, 『낭만적 정신의 현실적 구조: 신채호의 꿈하늘론 J」, 《고려문화연구》, 2002 12 월호.

[75] 장현, 「최인훈 소설의 탈식민주의적 양상 연구: 서유기와 총독의 소리를 중심으로」,

[76] 최현희, 「반복의 자동성을 넘어서: 최인훈의 구운몽과 정신분석학적 문학비평의 모색」, 《한국문학이론과비평》 2007 3 월호.

[77] 한희정, 「한국 페미니즘 영화의 의미 생성과 수용자 해독에 관한 연구:<개 같은 날의 오후>와 <처녀들의 저녁식사>를 중심으로」, 성균관대학 박사논문, 2000.

[78] 김석배, 『춘향전의 지평과 미학」, 박이정, 2010.

[79] 김남석, 『한국 문예영화 이야기」, 살림, 2003.

[80] 김소영 외 편, 『씨네-페미니즘, 대중영화 꼼꼼히 읽기』, 과학과 사상,1995.

[81] 김수용, 『나의 사랑 씨네마』, 씨네 21, 2005.

[82] 김중식·문화사연구회, 『불명의 춘향전」, 청동거울, 1999.

[83] 김중철, 『소설을 찾는 영화 영화를 찾는 소설』,월인, 2008.

[84] 문학과 영상학회 편, 『영화 속 문학 이야기」, 동인, 2002.

[85] 문화연구회 지음, 『소설 구경 영화 읽기」, 청동거울, 1999.

[86] 박철화, 『우리문학에 대한 질문」, 생각의 나무, 2002.

[87] 방현석, 『소설의 길, 영화의 길』. 실천문학사, 2003.

[88] 백문임,『춘향의 딸들, 한국 여성의 반쪽짜리 계보학』,책세상, 2001.

[89] 설중환, 『한국 고소설의 이해』, 집문당, 2009.

[90] 송희복, 『문학과 영화의 만남』, 월인, 2009.

[91] 이윤석·최기숙, 『남원고사』, 서해문집, 2008.

[92] 이종호, 「한국 현대소설과 각색 드라마의 서사학적 비교 연구」,「한민족문화연구 제 23 집」, 2007.

[93] 오영미, 『문학과 만난 영화』, 월인, 2007.

[94] 오현화, 『영상문학의 이해』, 한국문화사, 2006.

[95] 유진희, 『각색 입문서』 , 삼보, 2008.

[96] 윤정헌·김석영· 백승숙, 『분학과 영화 사이』, 중문, 1998.

[97] 장기오, 『장기오의 TV 드라마론』, 커뮤니케이션북스, 2010.

[98] 정순진, 『여성의 현실과 문학』,푸른사상, 2001.

[99] 정재형,「문학서사분석과 영화서사분석의 비교론」,『영화교육연구』 창간호.

[100] 정출헌, 『조선 최고의 예술 판소리」, 아이세움, 2009.

[101] 조광국, 『한국 문화와 기녀」 , 월인, 2004.

[102] 허만욱, 『문학, 그 영화와의 만남』, 보고사. 2008.

[103] 카트린 퀴게-알더, 『민담, 그 이론과 해석」, 이문기 옮김, 유로, 2009.

[104] 정미경, 「새벽까지 희미하게」, 『창작과 비평』 2016 여름 제 44 권 통권 172 호

[105] 김경희, 「뉴스 소비의 변화와 뉴스의 진화」, 「언론정보연구」

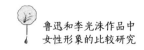
49 권 2 호,서울대학교 언론정보연구소, 2012.

[106] 김정남,「소설과 미디어 환경에 관한 연구」,「현대소설연구」
제 32 호, 한국현대소설학회, 2006.

[107] 소영현,「 연대 없는 공동체와 '개인적인 것'의 행방 」,
「상허학보」제 33 집,

[108] 송현호,「영상매체의 발전과 소설의 변화」,『현대소설연구」
제 11 호, 1999.

[109] DBPIA http://www.dbpia.co.lr

[110] 국회전자도서관 http://dl.nanet.go.kr

[111] 기획특집 1 작고 문인 집중 조명,「이광수의 문학과 생애」,
『문예운동」,가을호(통권 115 호), 2012.

[112] 학국교육학술정보원(RISS) www.riss.kn

国内：

[1]《鲁迅全集》修订编辑委员会. 鲁迅全集[M]. 北京：人民文学出
版社，2005.

[2] 张钊贻. 鲁迅：中国"温和"的尼采[M]. 北京：北京大学出版社，
2011.

[3] 景洁琼. 浅谈鲁迅作品中的女性形象[J]. 神州，2011（01）：
100-102.

[4] 高雅珍. 论鲁迅的女性伦理思想[J]. 晋阳学刊，1996（06）：49-53.

[5] 金明淑. 论李光洙小说"情"和"理"的拉锯[J]. 首都师范大学
学报（社会科学版），2010（02）：111-117.

[6] 金明淑. 对李光洙情爱小说的精神分析解读[J]. 延边大学学报

（社会科学版），2009（04）：54-61.

[7] 金明淑. 李光洙和川端康成作品中的女性形象比较[J]. 中央民族大学学报（哲学社会科学版），2010（02）：133-139.

[8] 金芳实. 李光洙文学的特色[J]. 国外社会科学，2003（05）：119-120.

[9] 唐胜. 试论鲁迅小说中的女性意识[J]. 文学研究，2011（12）：34-35.

[10] 朴明爱. 李光洙的《土地》与鲁迅《阿 Q 正传》之研究[J]. 中国比较文学，2002（01）：80-90.

[11] 石柏胜. 比较视域下的沈从文女性观研究——兼与鲁迅、胡适女性观之比较[J]. 安徽理工大学学报（社会科学版），2011（01）：52-58.

[12] 宋莲娉. 中韩小说中的女性形象比较研究——以 1920—1930 年代作品为中心[J]. 才智，2009（01）：208.

[13] 严英旭. 日本和西欧对鲁迅和春园之影响比较——以日本留学时期为中心[J]. 鲁迅研究月刊，2003（05）：54-60.

[14] 叶玉梅. 从祥林嫂等三位女性命运看鲁迅的女性观[J]. 无锡职业技术学院学报，2004（04）：59-60+21.

[15] 姚慧卿，韩传喜，张桂玲. 关注心灵殊途同归——张爱玲与鲁迅女性题材小说之比较[J]. 宿州学院学报，2004（02）：59-62.

[16] 袁德渠. 理性的关怀——从《伤逝》看鲁迅女性主义思想[J]. 科教导刊，2010（06）：124-126.

[17] 魏聚刚. 留日学生与清末民初中国社会的政治转型[J]. 历史文化，2013（07）：181-183.

[18] 刘广铭. 影响与接受：朝鲜作家李光洙思想探源[J]. 东疆学刊，

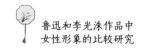
2001（03）：45-48.

[19] 刘广铭. 试论托尔斯泰对李光洙文学创作的影响[J]. 东疆学刊，
　　　1999（04）：49-53.

[20] 李明信. 鲁迅和李光洙笔下"女性形象"之比较[J]. 东北师大学
　　　报（哲学社会科学版），2006（05）：109-113.

[21] 李永春. 试论 20 世纪初韩国的爱国启蒙运动[J]. 韩国学论文集，
　　　2006（00）：52-72.

[22] 张雪花. 浅谈李光洙的女性意识[J]. 吉林省教育学院学报下旬，
　　　2012（10）：134-135.

[23] 张清祥. 饥饿、欲望与疾病——鲁迅小说的女性躯体叙事[J]. 南都
　　　学坛人文社会科学学报，2012（01）：63-68.

[24] 曹建玲. 鲁迅女性主题文本的特质剖析[J]. 江西社会科学，2004
　　　（04）：94-96.

[25] 赵恒瑾. 韩国现代文学先驱——李光洙[J]. 怀化师专学报，1997
　　　（01）：65-69.

[26] 郝兰. 鲁迅婚恋小说中的三位女性形象分析[J]. 陕西师范大学学
　　　报（哲学社会科学版），2005（A1）：405-408.

[27] 洪永春，洪燕佳. 启蒙的不同书写——比较鲁迅的《狂人日记》
　　　和李光洙的《无情》[J]. 通化师范学院学报，2008（09）：68-71.

[28] 黄建. 论鲁迅"立人"思想的文化内涵[J]. 浙江社会科学，1995
　　　（06）：96-99.

后　记

　　本书是在硕士论文的基础上，经过了博士期间不断收集资料、完善和补充修改而成的。此书最终完成要感谢我在韩国中央大学的博士生指导老师邦宰硕（방재석）教授、文艺评论老师田英泰（전영태）教授、文学理论老师朴喆和（박철화）教授和现代诗歌创作老师李昇夏（이승하）教授。这四位教授从我前往韩国攻读博士学位开始就一直对我倍加照顾，尤其是田英泰教授，本书的选题正是在田教授的指引下进行的研究，非常感谢田教授对我的指教和照拂。

　　从 2010 年到 2018 年，我在韩国求学的这段时间学到了许多，看到了许多，也思考了许多。在求学这几年，我学习了"现代小说研究""现代诗歌研究""电视剧本创作研究""文艺创作研究方法论""叙事内容创作研究""戏剧创作研究""文艺思潮研究"和"文学与相邻艺术研究"等课程。这些课程对我影响至深，在此，谨向各位老师致以由衷的谢意和敬意。

　　我的博士生指导老师——中央大学文艺创作学院邦宰硕教授不单是一名教书育人的老师，还是一名小说家，他的目光始终关注工人群体，将他们在现代社会的生活镜像呈现于自己的作品中。他以身作则，教导学生"文学关注的始终是人，我们的文字必须有人的温度，要让人能真正成为人"。人如何能成为人，人要成为

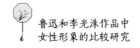
怎样的人，是闪耀，是沉默，是坦荡，是卑微，这是非常深奥且
永恒的思考，只能是仁者见仁、智者见智。在邦教授的指导下，
我顺利完成了博士学业，使我的求学之路有了一个算是比较圆满
的收尾。感谢各位老师的指导，感谢家人们的支持，感恩我遇见
的所有可敬可亲可爱的人。

回忆那段不算短的求学之路，脑海里校园的四季光景最是可
爱，春天恣意绽放的樱花，夏天明亮的阳光，秋天焦糖色的落叶
和冬天银白的飘雪。中央大学校园坐落在汉江南侧，依山而建，
每天上学放学都在上山下山，但是沿途的景色经常另我驻足欣赏。
走走停停间，时光悄然而逝，为清风，为花语，为最爱的人间绝
色。读书的时候，很喜欢傍晚漫步江边，不远处的 63 大厦笔直挺
拔，汝矣岛（여의도）街边的行道树（가로수）妖媚撩人，天空
美妙绝伦的晚霞吟唱动人的诗语，耳边轻轻划过江水潺潺的音调，
一切，是生活的给予，是灵魂的接受。

回国后，我再次踏进了校园，进入了贵阳学院，只是这次，
我将从不同的视角来继续我的校园生活。我感谢、感恩在这里遇
到的所有美好的人与事，他们教会了我许多，让我继续被校园的
美好包围。感谢贵阳学院文化传媒学院大家庭的关爱与支持！感
谢贵阳学院泰国研究中心孙德高教授和中心同事们对我的帮助和
指导！感谢我的父母和亲友对我的支持！感谢所有爱我的人和我
爱的人！感恩每一次相遇，感恩每一段旅程，感恩生活！

本书的出版，还要向西南交通大学出版社的李晓辉老师和居
碧娟老师致以最诚挚的谢意。他们不断地鼓励我、支持我，让这
本书得以以现在的面貌呈现在大家面前。

后　记

　　本书系贵州省社会科学第三批"学术先锋号"成果，并受贵阳市科技局贵阳学院专项资金（GYU-KY-[2024]）资助，在此表示衷心感谢！

　　是记！

林雨馨

二〇二四年一月于贵阳